DESEO

PEGGY MORELAND

EL MEJOR HOMBRE

Editado por Harlequin Ibérica.
Una división de HarperCollins Ibérica, S.A.
Avenida de Burgos, 8B - Planta 18
28036 Madrid

© 2024 Harlequin Ibérica, una división de HarperCollins Ibérica, S.A.
N.º 546 - 25.8.24

© 2004 Peggy Bozeman Morse
El mejor hombre
Título original: The Last Good Man in Texas

© 2004 Peggy Bozeman Morse
Pecados del ayer
Título original: Sins of a Tanner
Publicadas originalmente por Harlequin Enterprises, Ltd.
Estos títulos fueron publicados originalmente en español en 2005

I.S.B.N.: 978-84-1074-015-0
Depósito legal: M-14197-2024
Impreso en España por: BLACK PRINT
Fecha impresión para Argentina: 21.2.25
Distribuidor exclusivo para España: LOGISTA
Distribuidor para México: Distibuidora Intermex, S.A. de C.V.
Distribuidores para Argentina: Interior, DGP, S.A. Alvarado 2118.
Cap. Fed./Buenos Aires y Gran Buenos Aires, VACCARO HNOS.

Capítulo Uno

La esquina noroeste de la plaza de Tanner's Crossing bullía de actividad. Había camiones de todo tipo, sobre todo de construcción, aparcados a lo largo de toda la calle y los hombres trabajaban sin parar bajo un sol de justicia.

Rory Tanner miraba el edificio casi terminado.

—Quiero que parezca una cuadra —dijo—. Hay que poner vayas de madera y algo de alambre, pero sólo en una esquina, ya sabes, no en todo el local. También un par de cactus por aquí y por allá y, tal vez, una calavera de vaca en la pared. No quiero maniquíes —añadió estremeciéndose—. Me dan grima. En las paredes, pon las telas que te apetezca y coloca pares de botas por todas partes, sobre balas de heno. Quiero que el barro sea de verdad. Quiero mucho realismo. Mucho color y mucho teatro. Quiero que los que pasen por la calle se queden alucinados y entren en la tienda.

Dicho aquello, miró a la mujer que anotaba sus indicaciones.

—¿Vas entendiendo lo que quiero?

–Sí, creo que sí, aunque no sé si voy a poder hacerlo en tan poco tiempo.

Rory sonrió y le pasó el brazo por los hombros.

–Eres la mejor escaparatista del estado, así que no vas a tener problema. Es la primera tienda de mi cadena que abro en mi ciudad natal y tiene que ser la mejor. No quiero que nadie diga que Rory Tanner hace las cosas mal. Tengo que dejar el apellido familiar bien alto –se despidió yendo a buscar al carpintero–. Hola, Jim –saludó a un hombre que estaba colgado en un andamio en la fachada del edificio–. Asegúrate de poner bien ese cartel para que la gente pueda leerlo con facilidad y no se tenga que romper el cuello.

El carpintero chasqueó la lengua y continuó con la tarea de fijar el cartel en el que se leía *Tanner's Cowboy Outfitters*.

–¿Necesitas que te ayude con algo, Don? –le preguntó Rory al fontanero.

–Pues lo cierto es que sí porque Gus no ha aparecido hoy, así que échame una mano. Tengo otro casco en la furgoneta y, de paso, tráete más tuberías.

Rory, al que se le daba igual de bien la madera que el aluminio, se puso el casco y ayudó al fontanero.

Mientras ayudaba a Don, Rory miró con orgullo aquella tienda que iba a ser la joya de la corona de su cadena de locales.

Y así debía ser pues allí había nacido y lo conocía todo el mundo. De hecho, muchos se preguntaban cuándo iba a abrir tienda allí y hasta hacía poco tiempo jamás se le había ocurrido.

Sin embargo, desde que había muerto el viejo, los hermanos Tanner habían vuelto poco a poco a casa, a ser una familia de nuevo.

El primero en volver había sido Ace que, al ser el mayor, había tenido que hacerse cargo del testamento.

No sólo eso sino que también se había hecho cargo del Bar-T, el rancho familiar, y de la hija póstuma de su padre, una preciosa niña que había aparecido, literalmente, en la puerta de su casa.

Aquello había pillado a los hermanos completamente por sorpresa. Menos mal que Ace se había casado con Maggie y habían adoptado a Laura.

El último que había vuelto había sido Ry, que también se había casado y se había instalado en el hospital local como cirujano.

Hacía mucho tiempo que Rory no veía a su hermano tan feliz y mucho se lo debía a Kayla, su mujer.

Entre la llegada de Ace y de Ry, Woodrow también había vuelto a casa y se había casado con una pediatra llamada Elizabeth.

Eso quería decir que los únicos solteros que quedaban eran Whit y él. No había hablado con su hermanastro de aquello, pero él tenía muy claro que pensaba seguir disfrutando de su soltería durante muchos años.

Tal vez, para siempre.

No era que no le gustaran las mujeres, por supuesto. Le encantaban las mujeres, le gustaban demasiado como para conformarse con una.

Le gustaba la delicadeza de las mujeres, esa ternura y feminidad que caracterizaban a aquellas maravillosas criaturas.

No como la mujer que se acababa de bajar del Jeep Cherokee. Aquélla no tenía nada de femenina o lo escondía muy bien.

Iba vestida de tela vaquera de arriba abajo, lo que para Rory eran prendas de hombre porque no marcaban las curvas femeninas.

¡Y qué pelo!

Cualquiera hubiera dicho que la habían trasquilado como a una oveja y el resultado era que llevaba mechones de pelo rubio cayéndole por la cara.

En aquel momento, se los estaba apartando con un gesto impaciente mientras miraba el cartel que Jim había terminado de colgar.

Llevaba unas gafas de sol que le ocultaban los ojos, pero tenía pómulos altos, nariz recta y labios carnosos.

Fue en los labios en lo que Rory se fijó mientras iba hacia ella dispuesto a desempeñar el papel del perfecto anfitrión.

–Hola –la saludó con una gran sonrisa–. Todavía no hemos abierto, pero, si quiere que le enseñe la tienda, lo haré encantado.

La mujer lo miró y se giró para irse.

–No, gracias. Me he acercado porque he visto el cartel y estoy buscando a un miembro de la familia Tanner.

Hubo algo en su tono de voz que le indicó a Rory que aquella visita no era de cortesía, lo que hizo que se pusiera en guardia.

–Hay varios Tanner en esta ciudad. ¿A cuál de ellos busca?

–A Buck Tanner –contestó la mujer–. ¿Lo conoce?

Al oír el nombre de su padre, Rory sintió cierta ansiedad, pero consiguió controlarse.

–Sí, lo conozco.

–¿Anda por aquí? –preguntó la mujer mirando a su alrededor.

–No –contestó Rory mirándola con curiosidad–. ¿Para qué lo busca?

La mujer se quitó las gafas y lo pulverizó con la mirada.

–Eso no es asunto suyo.

–Siento decirle que Buck ha muerto –lo informó Rory.

–¿Muerto? –repitió la desconocida palideciendo–. ¿Cuándo?

–El otoño pasado. De un infarto. Se fue así –le explicó Rory chasqueando los dedos.

–No puede estar muerto. Yo... –dijo la mujer mordiéndose los labios y desviando la mirada.

Rory hubiera jurado que tenía lágrimas en los ojos, pero ella se apresuró a ponerse las gafas de sol de nuevo.

Rory se quedó esperando porque no sabía muy bien qué decir.

—Me ha dicho que hay otros Tanner en la ciudad, ¿no? ¿Son familia de Buck?

—Sí, lo son. Tiene cuatro hijos, un hijastro y una hija pequeña a la que jamás conoció.

—Necesito hablar con ellos. ¿Dónde puedo encontrarlos?

—En el Bar-T, el rancho familiar. Está a unos veinte kilómetros a las afueras.

—¿Me podría decir cómo llegar?

—Sí, pero le advierto que no va a conseguir entrar porque ese rancho está más protegido que Fort Knox.

—Tiene que haber alguna manera de ponerse en contacto con esa gente. Tendrán teléfono, ¿no?

—Sí, pero sus números no figuran en la guía —contestó Rory—. Si usted quiere, le puedo concertar una cita.

—¿Para cuándo?

—No lo sé seguro. Son muchos y hace falta darles tiempo para que se reúnan. Dígame en qué hotel se hospeda y yo la llamaré.

—No estoy en ningún hotel. Tengo la caravana aparcada al sur —contestó la mujer montándose en su jeep—. Éste es mi teléfono. Llámeme a cualquier hora del día o de la noche –añadió entregándole un trozo de papel.

Rory miró el número e intentó no sonar irritado cuando habló.

–¿Y usted cómo se llama?

–Macy –contestó la mujer poniendo el coche en marcha–. Macy Keller.

–Muy bien –contestó Rory colgando el teléfono.

En cuanto Macy Keller se alejó, Rory se puso en contacto con sus hermanos sin perder un minuto.

Llamó a Ace el primero.

–No sé si tenemos problemas –le dijo.

–¿Problemas?

–Sí, acaba de estar aquí una mujer, en la tienda. Ha parado al ver el letrero con nuestro apellido y me ha dicho que estaba buscando a Buck.

–¿A Buck? ¿Te ha dicho para qué?

–No, me ha dicho que no era asunto mío. Le he dicho que murió en otoño y ahora resulta que quiere hablar con su familia. Por supuesto, no le he dicho que era su hijo porque no me ha gustado su actitud. Además, he creído que lo que tuviera que tratar con el viejo debe tratarlo con todos nosotros juntos.

–Maldición.

–Lo mismo digo. Le he dicho que me pondría en contacto con la familia Tanner para concertarle una cita. Ya sé que te aviso con

9

muy poco tiempo, pero ¿podrías pasarte por el rancho esta noche? Creo que, cuanto antes sepamos lo que quiere, mejor.

–Me parece bien. ¿Has hablado con los demás?

–No, tú eres el primero.

–Llámalos y cítalos en el rancho a las ocho.

–Muy bien –contestó Rory colgando el teléfono.

Pensó en llamar a Macy Keller para decirle que la cita estaba concertada para aquella noche a las ocho, pero recordó que le había dicho que le iba a llevar algún tiempo y decidió que era mejor esperar un par de horas.

De lo contrario, tal vez, sospechara algo y comenzara a hacerle preguntas. Por ejemplo, cómo se llamaba.

Y no quería decirle su nombre por teléfono porque, cuando lo hiciera, quería tenerla enfrente para ver la expresión de su rostro cuando se diera cuenta de que la persona que le había concertado una cita con la familia Tanner era nada más y nada menos, que Rory Tanner, el hijo pequeño de Buck.

Rory cruzó las verjas del Bar-T y miró por el espejo retrovisor para asegurarse de que el jeep lo seguía.

Cuando vio que así era, no supo si sentirse aliviado o irritado.

–Prefiero ir en mi coche –murmuró.

¿Por quién lo tomaba?

¿Acaso creía que iba a intentar ligar con ella? ¡Pues lo llevaba claro! Antes, intentaría ligar con una serpiente venenosa.

Aunque era cierto que estaba mucho más guapa que aquella tarde.

Se había puesto unos pantalones de lino y una blusa sin mangas que, sin embargo, tampoco marcaban sus curvas, por lo que Rory no podía deducir si tenía un buen cuerpo o no.

Lo único que sabía era que no debía de haber estado en la cola cuando Dios había repartido pechos; estaba más plana que una tabla.

Al llegar a la casa, Rory contó los coches que había y suspiró aliviado al comprobar que todos sus hermanos habían llegado.

Aparcó al lado del coche de la esposa de Woodrow y salió de su furgoneta. Esperó a que Macy se uniera a él, le indicó que subiera las escaleras y, al llegar a la puerta principal, la abrió sin llamar.

Macy lo miró enarcando una ceja.

–No pasa nada, nos están esperando.

Una vez dentro, la llevó directamente al salón, donde estaban sus hermanos esperándolos. Las conversaciones se acallaron cuando Macy entró en la estancia.

–Macy Keller –les presentó Rory–. Éstos son los Tanner. El que está detrás de la mesa es Ace, el hijo mayor, y la preciosidad que está a su lado es Maggie, su esposa, y Laura, su hija, que también es la hija de Buck.

Macy lo miró confusa y Rory se encogió de hombros.

—Es una historia muy larga. Para resumir, Ace y Maggie adoptaron a la niña cuando Buck murió. Ese tipo enorme y feo que ves en el sofá es Woodrow y la maravillosa mujer que está a su lado es su esposa, la doctora Elizabeth Tanner. A su lado está Kayla, el miembro más reciente de esta familia, que se acaba de casar con el doctor Ry Tanner, que es el segundo hijo de Buck —le explicó—. Y el lobo solitario que está junto a la chimenea es Whit, el hijo adoptado que se cree diferente por ello, pero que no lo es porque es un Tanner, exactamente igual que el resto de nosotros.

—¿Nosotros? —exclamó Macy.

Aquél era el momento que Rory había estado esperando.

—Rory Tanner —se presentó con una gran sonrisa—. Soy el hijo pequeño de Buck Tanner —añadió alargando la mano.

Macy se cruzó de brazos para no estrechársela.

—Podía haberme dicho que era hijo de Buck —lo acusó.

—Sí, pero, como nunca me lo preguntó... —sonrió Rory—. Tome asiento.

—No, gracias, no pienso estar mucho tiempo —contestó Macy acercándose a la mesa y dejando un sobre encima. Miró a Ace–. Tenía que dársela a su padre, pero me imagino que, al ser usted el hijo mayor y albacea de su testamento, sabrá qué hacer con él.

Ace tomó el sobre y lo miró a contraluz.

–Parece un cheque –le dijo frunciendo el ceño.

–Así es. Es un cheque por valor de setenta y cinco mil dólares.

–¿Y hay alguna razón para que me lo entregue?

–Sí, para devolverle a su padre lo que es suyo.

–Lo siento, pero va a tener usted que darnos alguna explicación más.

Intrigado por lo que estaba ocurriendo, Rory se sentó en una silla sin perder de vista a Macy, que tenía los puños apretados a ambos lados del cuerpo.

–Buck me hizo un fondo –le dijo–. Y yo se lo devuelvo –añadió señalando el sobre.

–Me gustaría que nos contara la historia entera.

–¿Qué es exactamente lo que quieren saber?

–Todo. Para empezar, por qué Buck le hizo un fondo.

Macy apretó los dientes.

–Porque creía que era mi padre.

Ace enarcó una ceja.

–¿Creía?

Macy asintió.

–¿Y cómo es eso?

—Mi madre le dijo que estaba embarazada y que el niño era suyo.

—¿Y era mentira?

Macy apretó los dientes.

—Sí.

—¿Y usted lo sabía?

—No, yo creía también que era mi padre.

—¿Y cuándo se ha enterado de que no lo era?

—Hace un par de meses que mi madre me lo dijo. Supongo que quería irse con la conciencia tranquila porque se estaba muriendo.

—¿Ha gastado usted el dinero del fondo antes de enterarse de que no era su padre?

—¿Y eso qué importa? Lo estoy devolviendo, que es lo que cuenta, ¿no?

—Lo devolverá si nosotros lo aceptamos —la informó Ace.

—¿Por qué no lo iban a aceptar? —gritó Macy—. Era de su padre y me lo dio porque lo engañaron. Yo lo único que quiero es dejar las cosas claras.

—Aquí lo único cierto es que Buck se sintió en la obligación de poner cierta cantidad de dinero a su nombre, así que el dinero es suyo —le dijo moviendo el sobre hacia ella—. Mis hermanos y yo no tenemos nada que ver.

—No, he venido hasta aquí para devolverlo y eso es lo que quiero hacer —insistió Macy alejándose de la mesa—. En lo que a mí respecta, ya está todo dicho.

—Pero...

Macy levantó una mano para interrumpirlo.

–Ese dinero no es mío sino suyo. Ustedes son Tanner. Yo no.

Y, dicho aquello, salió de la casa sin que a nadie le diera tiempo de impedírselo. El portazo confirmó su salida.

–¿Qué os parece? –dijo Ace poniéndose en pie.

–Parece que no hemos salido mal parados de ésta –contestó Woodrow.

Ace frunció el ceño.

–No sé si hemos salido todavía.

–¿Por qué dices eso? –preguntó Woodrow confuso–. La chica acaba de decir que Buck no era su padre, ha devuelto el dinero y se ha ido sin pedir nada. Deberíamos estar dando gracias al cielo porque podría habernos pedido una parte del rancho.

–Sí, podría haberlo hecho y eso es, precisamente, lo que me preocupa. ¿Por qué no lo ha hecho?

Rory miró a sus hermanos y vio que todos se preguntaban lo mismo.

–¿Quizá porque es honrada y sólo quería deshacer un entuerto?

–Puede ser –contestó Ace pasándose los dedos por el pelo–, pero también podría ser que tuviera algo preparado para nosotros. Puede ser que la confesión de su madre moribunda no fuera cierta. A lo mejor, nos devuelve los setenta y cinco mil dólares porque va a pedirnos mucho más.

—¿Por qué preocuparnos por algo que no ha sucedido? —objetó Rory.

—Porque más vale estar preparados —contestó Ace.

—Yo creo que Ace tiene razón —intervino Maggie—. Pensadlo. ¿Qué mujer en su sano juicio iba a devolver setenta y cinco mil dólares a unas personas que ni siquiera sabían que los tenía?

—¿Una persona honrada? —insistió Rory.

—¿Y tú sabes que lo es? —le espetó Ace.

Rory se encogió de hombros.

—Claro que no. La conozco desde esta tarde. Jamás la había visto antes en mi vida.

—Me ha parecido que se ha ido llorando.

Rory se giró hacia Elizabeth.

—¿Sí?

Elizabeth asintió.

—¿Te ha dicho de dónde venía? —preguntó Ace.

—No, sólo sé que tiene la caravana aparcada al sur de la ciudad —contestó Rory.

—Si ha venido en caravana es porque piensa quedarse por aquí un tiempo y creo que deberíamos vigilarla para descubrir qué es lo que se propone.

—¿Y cómo demonios vamos a hacer eso? —preguntó Rory.

—Uno de nosotros tiene que hacerse amigo suyo —contestó Ace—. Es la única manera de descubrir sus planes.

—¿Y en quién estás pensando para esa bonita tarea? —preguntó Rory.

Ace se quedó mirándolo y Rory se dio cuenta de que todos los demás también lo miraban.

–No, no, yo no pienso ponerme a espiarla.

–No hay que espiarla sino ser su amigo –contestó Ace.

–¿Por qué yo?

–Porque tú vives aquí ahora.

–Whit también.

Ace se giró hacia Whit.

–No, Ace, por favor. Ya sabes que soy muy tímido con las mujeres. Jamás conseguiría hacerme amigo suyo.

Rory sabía que lo que Whit decía era cierto.

–Esto no es justo –se quejó.

–¿Desde cuándo te quejas por tener que cortejar a una mujer? –bromeó Woodrow.

–Ése es el problema. Macy Keller es una mujer que no tiene absolutamente nada de mujer –murmuró Rory–. Está bien, yo me hago cargo de esto, pero quiero que quede claro que siempre me dais a mi las peores tareas –añadió yendo hacia la puerta.

Ace se acercó y le entregó el cheque.

–Devuélvele esto –le dijo dándole una palmadita en el hombro–. Y, tranquilo, lo vas a hacer muy bien.

Macy salió del rancho de los Tanner a toda velocidad.

No se podía creer que le hubieran dicho

17

que se quedara con el dinero. ¿Estaban locos o es que eran masoquistas? Tal vez, les gustaba ver sufrir a los demás.

Por si no había sido poco tener que admitir que su madre había mentido, había tenido que sufrir la humillación de que no aceptaran el dinero, la única manera que tenía de deshacer el entuerto y quedarse con la conciencia tranquila.

Macy estaba furiosa, sobre todo con el vaquero que le había tomado el pelo desde el principio no diciéndole que era un Tanner.

La había engañado e incluso se había atrevido a flirtear con ella y todo sin decirle que era el hijo pequeño de Buck Tanner.

Y, para colmo, había disfrutado engañándola.

Macy sintió que los ojos se le llenaban de lágrimas.

Aquel chico tenía lo que ella había querido tener durante muchos años, el apellido Tanner, pero todos aquellos años se habían ido al garete porque ahora sabía que no era una Tanner.

Lo único que sabía era que no sabía quién era.

Capítulo Dos

Ace había intentado ponerse en contacto con él varias veces en el teléfono móvil, pero Rory no contestaba porque sabía lo que quería su hermano, saber si había hablado con la última pesadilla de los Tanner: Macy Keller.

Y él todavía no había hecho nada al respecto.

No la había llamado porque no sabía qué decirle.

«Hola, soy Rory, el que te engañó ayer. Quería saber si tenías pensado hacerle algo malo a mi familia».

Sí, claro, como si le fuera a contar así, tranquilamente, si tuviera un as escondido en la manga.

En cualquier caso, su familia le había encargado que la vigilara y tenía que hacerlo.

Maldición.

Prefería tomarse una botella de aceite de ricino que hacer amistad con aquella mujer que tenía el mal carácter de uno oso y la dulzura de un puercoespín.

Aunque, normalmente, Rory no tenía absolutamente ningún problema a la hora de acercarse a las mujeres, no se le ocurría cómo hacerlo con aquélla en particular.

Iba de camino a buscarla cuando, al pasar por la plaza del pueblo, vio su coche aparcado enfrente de la biblioteca pública.

Rory se apresuró a aparcar la furgoneta justo detrás del coche y esperó. Tuvo que esperar un buen rato, pero al final Macy salió de la biblioteca.

Rory se fijó en que parecía decepcionada y se preguntó por qué sería. ¿Qué habría esperado encontrar en la biblioteca?

Decidió que ya lo pensaría luego, se bajó de la furgoneta y se apoyó en el capó su coche.

—Vaya, me alegro de volver a verla —le dijo con voz sexy.

Macy lo miró y apretó los dientes.

—Está sentado en mi coche.

—Ya lo sé.

—¿Qué quiere?

—¿De la vida en general? —contestó Rory apartándole un mechón de pelo de la cara—. ¿O de la preciosa mujer que tengo ante mí?

—No vayas por ahí, Romeo, porque a mí esas cosas no me engañan —contestó Macy apartándole la mano.

—Vaya, si no supiera que es mentira, diría que no te caigo bien —dijo Rory llevándose la mano al pecho.

—No me caes bien —dijo Macy abriendo la puerta del coche.

Rory la siguió.

–¿Cómo puedes decir eso? Apenas me conoces.

–Conozco a los hombres como tú.

–¿Ah, sí? ¿Y cómo somos?

–Unos ligones –contestó Macy irritada.

–Vaya, normalmente, a las mujeres les parezco irresistible –insistió Rory apoyándose en la puerta para que no la abriera.

–¿De verdad? –contestó Macy fingiendo sorpresa–. Pues a mí, para que lo sepas, me pareces un asqueroso y un mentiroso, lo que hace completamente imposible que me caigas bien, así que te aconsejo que no pierdas el tiempo ni me lo hagas perder a mí y te vayas inmediatamente.

–Y yo que había venido a invitarte a cenar –se lamentó Rory.

–Antes prefiero morirme de hambre.

–Eso sería una lástima. Resulta que conozco al dueño del mejor restaurante de la zona. Bubba y yo somos amigos desde pequeños.

–No me interesa –contestó Macy apartándolo de su camino–. Si no te importa, tengo cosas que hacer.

–Veo que estás decidida a romperme el corazón.

–No creo que tengas.

–Espero que sepas hacer el boca a boca porque me estoy empezando a encontrar mal.

–Eso es tu ego, no tu corazón –le espetó Macy.

–¿Pero a ti qué te pasa? Sólo pretendo ser amable contigo.

–¿Por qué?

–¿Es que hay que tener una razón concreta para ser amable con una señorita? –contestó Rory levantando las manos en actitud de rendición.

Macy lo miró con una ceja enarcada.

–Mira, yo no te conozco y tú no me conoces, pero, por lo que nos has contado, tu madre y nuestro padre tuvieron algún tipo de relación. Yo lo único que quiero es continuar esa relación de manera educada.

–La relación que tuvieron nuestros padres terminó hace muchísimos años y no tiene absolutamente nada que ver con nosotros. Os he devuelto el dinero que vuestro padre me entregó, así que no tenemos nada más que decirnos.

–Eso no está tan claro.

–¿Y eso qué quiere decir?

–Quiere decir que, si tu único propósito al venir aquí hubiera sido devolvernos el dinero, ya te habrías ido, pero sigues aquí.

–No es asunto tuyo, pero te diré que mi único propósito al venir aquí no era devolveros el dinero. Hasta hace dos meses, creía que Buck Tanner era mi padre y, ahora que sé que no lo era, quiero averiguar de quién soy hija –le explicó subiéndose al coche–. Y os guste a vosotros o no, me voy a quedar en Tanner's Crossing hasta que lo averigüe.

—¿Me estás diciendo que no sabes quién es tu padre?

—Exactamente —contestó Macy—. Ahora, si no te importa... —añadió tirando de la puerta.

Pero Rory no la soltó. Vio que Macy tenía lágrimas en los ojos y comprendió que no iba a llorar delante de él.

—Dices que tu madre murió, así que obviamente o no quería que supieras quién es tu padre o no le dio tiempo a decírtelo antes de morir —recapacitó en voz alta mirándola a los ojos—. No quería que lo supieras —concluyó al ver su dolor.

Macy metió la llave en el contacto y puso el coche en marcha.

—Muy bien, Sherlock Holmes, buen trabajo —se burló—. Ahora, a menos que quieras que te parta el brazo, te aconsejo que sueltes la puerta.

—Por eso has ido a la biblioteca, ¿verdad? Estás buscando pistas, leyendo periódicos antiguos para ver si decían algo de tu madre que pueda ayudar.

—¿Te ganas la vida como detective? Por desgracia, mi madre no solía aparecer en los ecos de sociedad de los periódicos.

—¿Has hablado con tus hermanos?

—No tengo hermanos.

—Entonces, ¿qué vas a hacer?

Macy apretó el volante con fuerza.

—Mirar en el registro del condado y hablar

con la gente de por aquí. Seguro que alguien me dice algo.

–No te creas. Aquí la gente no abre la boca.

–¿Por qué?

–Porque Tanner's Crossing es una ciudad pequeña y la gente se protege de los desconocidos. ¿Te crees que puedes aparecer aquí de repente y ponerte a hacer preguntas? No te van a decir absolutamente nada.

Nada más decirlo, Rory se dio cuenta de que aquélla era la excusa perfecta para seguir viéndola.

–Si quieres, yo podría ayudarte –se ofreció–. Soy un Tanner, todo el mundo me conoce, he nacido y me he criado aquí. La gente confía en mí. Mi apellido te abriría puertas que, de otra manera, permanecerán para siempre cerradas.

Macy se quedó mirándolo, si estuviera dispuesta a aceptar pero, al final, le dio un golpe y cerró la puerta.

–Buen intento, Romeo, pero ni quiero ni necesito tu ayuda.

Rory puso los ojos en blanco al ver quién lo llamaba al móvil y contestó.

–Sí, Ace, he hablado con ella –le dijo a su hermano sin preámbulos.

–¿Cómo sabías que era yo?

–Porque soy clarividente –bromeó Rory firmando unas cuantas facturas–. He hablado con Macy y me ha dicho que se va a quedar por aquí hasta que averigüe quién es su padre.

—¿La has creído?

Rory frunció el ceño.

—Estás de lo más malpensado últimamente.

—Sólo soy prudente. Cualquier cosa que tenga que ver con el viejo es mejor tomársela con prudencia.

—Te entiendo.

—Entonces, ¿piensas seguir vigilándola?

—¿Tengo elección?

—No.

Rory suspiró.

—Entonces, supongo que sí.

Macy se abrazó al volante y dejó caer la cabeza.

Llevaba dos días mirando en los registros, buceando entre documentos y hablando con la gente, y no había conseguido nada.

Absolutamente nada.

Levantó la cabeza y se quedó mirando por el parabrisas, dándose cuenta, aunque no le gustara, de que Rory Tanner tenía razón.

Los habitantes de Tanner's Crossing no le iban a contar nada a una desconocida.

Necesitaba ayuda.

Por desgracia, la única persona a la que conocía por allí era Rory y antes que pedirle ayuda a él estaba dispuesta a comerse un plato entero de coles en Bruselas, la verdura que más asco le daba.

Aunque era tan guapo como Matthew McConaughey, no lo podía soportar porque la había engañado y humillado delante de toda su familia.

Macy se recordó que le había ofrecido su ayuda y ella la había rechazado.

Puso el coche en marcha pensando en que jamás accedería a ayudarla después de cómo lo había tratado, pero no tenía nadie a quién recurrir, así que tenía que ir a hablar con él.

Al llegar a la plaza del pueblo, aparcó frente a su tienda y lo vio inmediatamente, de espaldas a la fachada y hablando por teléfono.

Desde luego, su lenguaje corporal indicaba que estaba realmente furioso pues tenía las piernas abiertas y la espalda tensa.

Aunque jamás se lo admitiría nadie y menos a él, que ya se creía el rey de las nenas, aquel hombre podría haber protagonizado una fantasía que tenía cuando era adolescente.

Entonces, soñaba con que un vaquero a lomos de un caballo venía a rescatarla de una vida que su madre había convertido en un infierno. El vaquero la raptaba a golpe de pistola para que ni su madre ni su padrastro pudieran hacer nada, la montaba en su caballo y se alejaba hacia el horizonte para darle la vida que ella siempre había querido.

«Debía de ver demasiadas películas del

oeste por aquel entonces», pensó Macy concentrándose en el objeto de su visita.

Se bajó del coche y fue directamente hacia Rory. Había llegado casi a su lado cuando lo oyó gritar.

–¡Me importa un rábano lo que diga ese caradura! Ha firmado un contrato conmigo para ocuparse del jardín. ¡Encuéntralo y dile que venga aquí inmediatamente!

Acto seguido, esperó la contestación, que no le debió de gustar en absoluto pues estrelló el teléfono móvil contra la fachada del edificio.

Al girarse, se encontró con Macy.

–¿Qué demonios quieres? –le espetó.

«Me parece que no es el mejor momento para pedirle un favor», pensó Macy.

Sin embargo, al mirar las plantas, que se estaban deshidratando bajo aquel sol, decidió que aquello podía ser un trueque en lugar de un favor. Aquella idea le gustó más que ponerse de rodillas y suplicar.

–Parece que tu jardinero no va a venir –le dijo metiéndose las manos en los bolsillos y desplegando una actitud casual.

–El muy canalla se ha ido de vacaciones a las Bahamas. Le debe de parecer más importante que cumplir el contrato que tenía conmigo –ladró Rory.

–Qué pena porque estas plantas están sedientas –le advirtió paseándose entre las flores y acariciando las hojas, que ya comenzaban a decaer–. Se van a morir con este calor si no las transplantáis pronto.

–Ya lo sé –contestó Rory siguiéndola–. De hecho, en cuanto te vayas, me voy a poner manos a la obra para solucionarlo.

–Yo podría encargarme de ello –anunció Macy parándose ante una maceta rota.

–¿Tú? –exclamó Rory sorprendido.

Irritada porque dudara de su habilidad, Macy frunció el ceño.

–Sí, yo –contestó inclinándose para estudiar una yuca–. Si lo que te preocupa es que no sepa hacerlo, te equivocas. Tengo mucha experiencia.

–¿Ah, sí? ¿Con las plantas de tu jardín? –se burló Rory–. Mira, guapa, estamos hablando de por, lo menos, diez horas de duro trabajo y eso si tienes cuadrilla.

Macy se puso en pie y se limpió las manos.

–No creo que me costara mucho. Supongo que habrá gente deseando trabajar por aquí.

–¿Todo esto me lo estás diciendo serio? –quiso saber Rory mirándola detenidamente.

–Sí.

Rory consideró la propuesta.

–¿Y cuánto me cobrarías?

–Solamente cobrarían los chicos. Yo prefiero trabajar a cambio de otra cosa.

–¿Y que tienes en mente?

–Yo me ocupo de tu jardín y tú me ayudas a encontrar a mi padre.

–Ah –dijo Rory enarcando una ceja–. Supongo que lo dices porque te han cerrado unas cuantas puertas en las narices.

–Unas cuantas –admitió Macy.

–Ahora te tendría que decir «ya te lo advertí», pero soy un caballero y no te lo voy a decir.

–Si fueras un caballero de verdad, ni lo habrías mencionado.

Rory sonrió y extendió la mano.

–Sea o no un caballero, trato hecho. ¿Cuándo empiezas?

Macy se quedó mirándolo y se dijo que debía estrecharle la mano, no había más remedio, así que lo hizo rápidamente y, a continuación, se giró hacia su coche y se limpió la palma de la mano en los pantalones.

–Volveré en cuanto haya conseguido reunir una cuadrilla –contestó–. No creo que tarde mucho.

Menos mal que Rory no era hombre de hacer apuestas porque, si lo hubiera sido y hubiera apostado el rancho a que no volvería a ver a Macy, lo habría perdido ya que apareció en menos de una hora con el coche lleno de hombres y herramientas.

Impresionado, salió de la tienda y la observó mientras distribuía el material entre los hombres. Se fijó en que llevaba pantalones sueltos y

29

camiseta amplia y comprendió que debía de vestir así normalmente para trabajar.

Llevaba una gorra con la visera bajada, gafas de sol que le tapaban los ojos y zapatillas de deporte.

Una vez distribuidas las herramientas, les dijo a los hombres que la siguieran hacia un palé de césped. Una vez allí, les indicó en español lo que debían hacer.

Tras asegurarse de que la habían comprendido, volvió al coche, tomó un cuaderno, se quedó mirando el lugar y comenzó a escribir.

Curioso por saber lo que estaba haciendo, Rory se acercó a ella.

—¿Qué haces?

Macy dio un respingo y se giró hacia él con el ceño fruncido.

—Un boceto —contestó.

—¿Eres pintora?

—No, soy paisajista.

—¿Y por qué no me lo has dicho?

—¿Y por qué no me dijiste tú que eras un Tanner? —sonrió Macy dirigiéndose a la parte frontal del edificio.

«Uno a uno», pensó Rory con admiración.

Volvió a seguirla y la encontró muy concentrada, mirando el edificio y haciendo bocetos sin parar.

Rory se quedó con la boca abierta al ver cómo hacía planos de su tienda en un abrir y cerrar de ojos

–Se te da muy bien –comentó realmente admirado.

–Me las apaño –murmuró Macy sin parar de trabajar.

–¿Te enseñaron a dibujar en la escuela de paisajismo?

–Sí y no. Si porque teníamos que dibujar estructuras a escala y no porque no había clases formales en las que nos enseñaron la técnica artística –le explicó Macy mordiéndose el labio–. No hay sitio para poner lechos colgantes –pensó en voz alta–. Pero la parte de delante necesita color, así que voy a poner plantas en macetas y un par de barriles de whisky –recapacitó añadiéndolos al boceto–. Aquí quedaría bien un abrevadero, debajo de las ventanas –añadió dibujándolo también–. Da carácter y autenticidad a la tienda. Podríamos llenarlo con flores de temporada como geranios en verano y pensamientos en invierno. Si lo prefieres, podemos poner plantas carnosas, que duran todo el año. Y en este lado de aquí podríamos poner árboles ornamentales. Unos cuantos laureles quedarían bien. Tienen luz y espacio suficiente. Si quieres más color, podemos poner también mirtos. Poniendo árboles aquí pones una barrera entre tu tienda y las demás y, de paso, obtienes intimidad y belleza a la vez.

Rory sacudió la cabeza, sorprendido ante la rapidez con la que Macy lo había resuelto todo.

–Eres realmente buena.

–Tu padre pagó mi educación –contestó Macy–. Como ves, no tiró el dinero. Aunque ya os lo he devuelto.

–Hablando de eso, toma –dijo Rory sacándose el cheque de la cartera–. Es tuyo. Mis hermanos y yo lo hemos hablado y queremos que te lo quedes.

Macy se quedó mirando el cheque, se giró y se alejó.

–Pero yo no lo quiero.

Rory la siguió.

–Es absurdo discutir. Ni queremos ni necesitamos el dinero y, además, Buck te lo dio.

–Por coacción.

–Macy...

Macy se giró hacia él con decisión.

–Mira, tu padre no me caía bien. No lo conocía, pero no me caía bien y creo que es razonable teniendo en cuenta que prefirió darme dinero que criarme. Cuando me enteré de que no era mi padre, que había odiado a un hombre inocente durante años, que lo había utilizado para sacarle dinero, me sentí fatal –le explicó apretando los dientes–. Devolveros el dinero es la única forma que tengo de deshacer el entuerto –le explicó alejándose de nuevo.

¿Aquella mujer se sentía culpable por tener una mala opinión de Buck? A Rory le entraron unas terribles ganas de reírse, pero lo hizo porque no creyó que Macy entendiera la situación aunque se la explicara.

–Mira, de momento, vamos a dejar este tema aparcado –le dijo guardándose el cheque–. Entiendo por qué querías devolvernos el dinero, pero tú tienes que entender nuestra posición. Fuera por la razón que fuera, mi padre te dio ese dinero y nosotros no creemos que seamos quiénes para quitártelo. En cuanto a que te sientas culpable por haber odiado a nuestro padre... bueno, si te hace sentir mejor, quiero que sepas que tampoco era santo de nuestra devoción.

–¿Cómo? –dijo Macy sorprendida.

–No, a nosotros tampoco nos gustaba y era por lo mismo que a ti. El viejo nos dio su apellido, pero jamás se comportó con nosotros como un verdadero padre.

Al día siguiente por la tarde, Rory estaba ante la ventana delantera de su tienda, mirando la calle.

Sonaba música country en la tienda porque había colocado altavoces estratégicamente por el local y, detrás de él, el personal reía y hablaba mientras ponía los precios a los artículos y los distribuía para la gran inauguración, que iba a tener lugar en una semana.

Fuera, Macy examinaba el perímetro del aparcamiento, inspeccionando el trabajo de paisajismo, parándose ocasionalmente para recoger una hoja caída o poner bien una flor.

Rory no se podía creer que lo hubiera conseguido y, además, su proyecto era mucho más bonito que el que el primer paisajista había propuesto.

Más barato también porque lo que quería a cambio era que la ayudara a encontrar a su padre.

«Más barato, sí, pero también más difícil», pensó Rory.

Rory supuso que no saber quién era su padre debía de ser una gran losa y se dijo que por eso debía Macy de andar con los hombros caídos.

En ese momento, ella levantó la mirada hacia la tienda y sus ojos se encontraron. Rory sintió una descarga que lo incomodó porque, normalmente, le ocurría cuando sentía interés sexual por una mujer.

Y por aquélla no se sentía atraído en absoluto.

¿Cómo se iba a sentir atraído por una mujer que llevaba una gorra para atrás y unos pantalones anchos manchados de barro? ¡Pero si parecía un chico de doce años y no una mujer!

Rory tomó aire para ahuyentar el pánico y se dijo que lo que sentía por ella era pena. Sí, pena, pensó aliviado al identificar la emoción.

Macy le hizo una seña para que saliera y Rory se despidió del personal y fue hacia la puerta.

–Si queréis algo, llamadme al móvil.

–Pero si lo estrellaste ayer contra la pared.

Rory se giró hacia Linda Sue Carmichael, una amiga de la familia que rondaba los cincuenta años, y sonrió guiñándole un ojo.

–Ya me he comprado otro, preciosa –contestó–. Es el mismo número.

Dicho aquello, se metió las manos en los bolsillos y fue a reunirse con Macy.

–¿Ya está todo?

Macy asintió.

–Lo único que queda es pagar a los hombres.

–¿Cuánto es?

Macy dijo una cifra y Rory se sacó la cartera del bolsillo y le entregó unos cuantos billetes.

Macy los contó y le devolvió uno.

–Me has dado cien de más.

–Es para ellos –le explicó Rory–. Se han esforzado mucho –añadió mirando a su alrededor–. Habéis hecho un buen trabajo, Macy. Reconozco que está mucho más bonito de lo que Arnold lo hubiera dejado jamás.

–Les diré a los hombres que estás contento con su trabajo –dijo Macy guardándose los billetes en el bolsillo.

–Y con el tuyo, también –insistió Rory–. El diseño es lo que marca la diferencia.

Macy se encogió de hombros.

–Un diseño no sirve de nada si no se sabe llevar a la práctica. Los hombres han trabajado mucho y muy bien. Si los cuidas bien, las plantas y los árboles que hemos plantado te durarán para siempre.

–Te prometo que recibirán los cuidados que necesiten –contestó Rory.

Macy lo miró nerviosa, como si hubiera algo que quisiera decirle y no le fuera fácil.

–¿Y qué hay de la otra parte del trato? –le dijo por fin un tanto incómoda.

–Por supuesto, lo voy a cumplir. De hecho, ya lo he estado pensando. Buck solía ir a un sitio de Killeen que se llama Longhorn y es de una mujer que se llama Dixie Leigh y es buena amiga de mi familia. Podríamos ir a hablar con ella.

–¿Ahora? –preguntó Macy con interés.

Rory la miró de arriba abajo e hizo una mueca de disgusto con la nariz.

–Creo que deberías cambiarte de ropa primero.

–No me refería a ahora mismo porque primero tengo que llevar a los chicos a casa –le aclaró Macy–. Podemos quedar aquí a las... ¿dentro de una hora y media? –propuso consultando el reloj.

–A las seis, muy bien –contestó Rory mirando el suyo.

Rory miró a Macy, que iba sentada en el asiento del copiloto, a su lado, y se dio cuenta de que estaba muy nerviosa.

–Como sigas así, vas a partir el collar –le advirtió.

Macy lo miró sorprendida y se dio cuenta de que estaba enrollando la cadena de oro que llevaba colgada del cuello.

–Estoy un poco nerviosa –admitió poniendo las manos sobre las piernas.

–No hay razón –la tranquilizó Rory aparcando ante el Longhorn–. Dixie es una mujer encantadora –añadió parando el coche–. ¿Preparada?

Macy tragó saliva, asintió y bajó del coche.

Mientras se acercaban a la puerta, pensó que, aunque eran casi las siete, el lugar estaba casi vacío.

Una vez dentro, comprobó que había un par de soldados jugando al billar y varios vaqueros tomando cerveza en la barra.

Rory sabía por experiencia que alrededor de las nueve aquel lugar se pondría de bote en bote.

–Hola, ¿está Dixie por aquí? –le preguntó al camarero.

–¡Dixie, te busca un hombre! –gritó el camarero.

–¡Dile que estoy en mi despacho! –gritó la tal Dixie.

–¿Y dices que es una mujer encantadora? –dijo Macy arrugando el ceño.

Rory chasqueó la lengua, le pasó el brazo por la cintura y la condujo hacia una puerta en la que había un cartel que ponía *Despacho*.

37

—No te preocupes, Dixie ladra mucho pero no muerde —le explicó y la puerta—. ¡Hola, Dixie! Soy yo, Rory Tanner.

La puerta se abrió y apareció ante ellos una mujer de mediana edad con el pelo rojo como un camión de bomberos, vaqueros muy apretados y una camiseta marcando pechos en la que se leía *Soy la jefa*.

—Vaya, ya era hora de que te pasaras a verme —le reprochó con un cigarrillo colgándole de los labios—. Llevas aquí casi un mes y todavía no te habías dignado a venir.

—Habría venido antes, pero he estado muy ocupado con la tienda —le explicó Rory.

—¿Desde cuándo es más importante el trabajo que la familia? —le recriminó Dixie dándole un golpe en el hombro—. Ven aquí, guapísimo —añadió abrazándolo.

Macy observó cómo Rory tomaba a Dixie en sus brazos y le daba vueltas en el aire.

—Déjame, que te voy a quemar con el cigarrillo —rió la mujer—. ¿Y ésta quién es? —le preguntó cuando la hubo dejado en el suelo.

—No te pongas celosa, ya sabes que sólo tengo ojos para ti —bromeó Rory.

—Bonito, llevo demasiados años trabajando en bares como para creerme frases como ésa —sonrió Dixie girándose hace Macy y mirándola de arriba abajo—. ¿Cómo te llamas?

—Macy Keller —contestó Macy algo intimidada.

–Keller, ese apellido me suena –dijo Dixie mirándola con curiosidad y estrechándole la manos–. ¿Eres de por aquí?

Macy la miró esperanzada.

–No, pero mi madre sí, y por eso, precisamente, he venido a verla. Tengo la esperanza de que usted la conociera.

–Entrad –suspiró Dixie–. Algo me dice que lo que tengamos que hablar será en privado.

Una vez dentro de su despacho, Macy y Rory tomaron asiento en el sofá mientras Dixie se sentaba en la silla que había detrás de su mesa.

–Mi madre se llamaba Darla Jean Keller –le explicó Macy–. ¿Se acuerda de ella?

–¿Darla Jean? –repitió Dixie sorprendida–. Claro que me acuerdo de ella. Era una chica preciosa a la que le gustaba la buena vida, pero que nunca tenía dinero en el bolsillo.

–Sí, así era mi madre –dijo Macy secamente.

–Tu madre era una mujer a la que le encantaba salir –recordó Dixie encendiendo otro cigarrillo–. Venía todos los fines de semana a los bares y ligaba con todo el que le parecía bien –añadió mirando a Macy por si la había ofendido.

–No pasa nada. He venido para que me cuente usted absolutamente todo lo que recuerde de ella.

–¿Por qué? –preguntó Dixie de repente–. El pasado, pasado está. ¿Por qué no lo dejas así?

Macy apretó los puños.

—Porque yo soy parte de ese pasado. Cuando mi madre se fue de aquí hace veintinueve años, estaba embarazada de mí —le explicó mirando a Rory como pidiéndole permiso para continuar—. Mi madre me dijo que era hija de Buck Tanner —añadió cuando Rory asintió—. Así lo he creído hasta que hace poco más de dos meses, me confesó que me había mentido. No solamente a mí sino también a él. Le dijo que estaba embarazada de él con la esperanza de que se casara con ella, pero Buck se limitó a darle dinero con la condición de que no volviera jamás por aquí.

—Y supongo que lo que tú quieres ahora es averiguar quién es tu padre —recapacitó Dixie.

—Sí —contestó Macy con un nudo en la garganta—. Y espero que usted pueda ayudarme.

Dixie apagó el cigarrillo en un cenicero lleno de colillas y miró a Macy a los ojos.

—Cariño, por mucho que quisiera ayudarte, no podría. Ya te he dicho que tu madre ligaba con unos y con otros. Intentar acertar quién es tu padre es como buscar una aguja en un pajar.

—Entiendo —dijo Macy viniéndose abajo—. Gracias de todas formas, Dixie —añadió sonriendo y poniéndose en pie.

—Sí, gracias —dijo Rory recogiendo su sombrero y poniéndose también en pie.

—Un momento —dijo Dixie cuando ya habían llegado casi a la puerta.

Ambos se giraron hacia ella.

–Tu madre tenía una amiga con la que siempre salía –recordó–. Se llamaba Sheila Tompkins, me parece. No sé nada de ella desde hace muchos años, pero te aseguro que si hay alguien en el mundo que sabe los secretos de tu madre es ella porque estaban muy unidas.

Capítulo Tres

El trayecto de vuelta a Tanner's Crossing transcurrió en silencio.

Macy no parecía querer hablar y Rory no quería presionarla porque temía que se pusiera a llorar.

Estaba tensa y Rory estaba seguro de que, tarde o temprano, estallaría en lágrimas y no quería ser él quien estuviera cerca para consolarla.

Entendía por qué estaba así. Dixie no se andaba por las ramas y lo que le había dicho de su madre no había sido precisamente bonito.

Le había dado a entender que su madre se había acostado con medio estado y eso debía de ser difícil de asimilar, sobre todo después de haberse enterado delante de él.

Sin embargo, Rory sabía muy bien lo que era sentirse avergonzado por el comportamiento de un progenitor.

Era un milagro que sus hermanos y él pudieran salir a la calle con la cabeza bien alta después de todas las perrerías que había hecho su padre.

Claro que eso había quedado en el pasado y él, al igual que Dixie, era de los que pensaban que era mejor no removerlo.

Macy, por el contrario, no parecía ser como ellos.

Claro que eso también era comprensible porque, si uno se pasa toda la vida creyendo que un hombre es su padre y, de repente, se entera de que no lo es, es normal que quiera averiguar quién le ha dado la vida.

Cuando llegaron a la plaza del pueblo, era más de las diez de la noche y todo estaba en silencio pues no había nadie en la calle.

Rory apagó el motor y las luces y el aparcamiento se quedó a oscuras.

–¿Sabes quién es? –le preguntó Macy.

Rory comprendió que se refería a Sheila Tompkins.

–No, jamás había oído ese nombre –contestó sinceramente.

–Supongo que será su apellido de soltera. Ahora utilizará el de su marido, si es que se casó.

–Sí, supongo que sí –contestó Rory–. Si quieres, puedo hacer algunas averiguaciones –le ofreció.

–Te lo agradecería.

Macy abrió la puerta, pero Rory la agarró del brazo antes de que se bajara.

–¿Estás segura de que quieres seguir con esto? Quiero decir... bueno. Si sigues removiendo el pasado, podrías sufrir.

–Si estuvieras en mi lugar, ¿tirarías la toalla ahora?

Rory se fijó en su cara, completamente pálida, y comprendió que ya estaba sufriendo.

–No, supongo que no –suspiró.

Rory la observó mientras se acercaba a su coche y rebuscaba las llaves y puso el motor en marcha dispuesto a irse, pero, de repente, la oyó llorar.

Consideró dejarla a solas con su dolor, pero, tras maldecir, apagó el motor y bajó del coche, se acercó a ella y la abrazó.

–Ven aquí.

Al principio, Macy se quedó tensa; era obvio que no quería que la consolara. Aun así, para sorpresa de Rory, no intentó apartarse de él.

Se limitó a llorar con tremendos sollozos que reverberaron por todo su cuerpo haciendo que Rory sintiera compasión por ella.

Mientras Macy seguía llorando, Rory le acarició la espalda y, al cabo de un rato, sintió que comenzaba a relajarse.

–¿Estás mejor?

Macy asintió.

Rory se sacó un pañuelo del bolsillo y se lo entregó.

–¿Crees que estás como para llegar bien a casa tú sola?

Macy volvió a asentir, pero no lo miró, como si le diera vergüenza que la viera así.

–Si quieres, te acompaño –le ofreció.

–No, estoy bien –le aseguró Macy montándose en su jeep–. Gracias –se apresuró a añadir antes de montarse en su coche y cerrar la puerta.

Rory se quedó mirando el vehículo mientras se alejaba, inmovilizado por aquella palabra. «Gracias». Aunque lo había dicho a toda velocidad, había habido una sinceridad en ella que lo había conmovido.

Le dieron ganas de ir tras ella pues no le parecía bien dejarla sola estando tan triste, pero sacudió la cabeza y se dijo que no debía involucrarse demasiado; al fin y al cabo, aquello no era más que una misión que sus hermanos le habían encargado.

En cuanto Macy averiguara quién era su padre, se iría y todo habría terminado. De repente, sintió algo en el pecho.

¿Indigestión?

Tenía que ser eso porque lo que era obvio era que no sentía absolutamente nada por Macy Keller.

Macy se tumbó en la cama de su caravana con los ojos hinchados de tanto llorar y la garganta dolorida de intentar controlar el llanto.

Ir a ver a Dixie había sido doloroso, sobre todo porque se había hecho demasiadas ilusiones al creer que le iba a dar el nombre de su padre.

Lo peor había sido ponerse a llorar delante de Rory. Aunque había sido bueno con ella, llorar delante de él era un síntoma de debilidad y a Macy no le gustaba que nadie supiera que era vulnerable.

Sabía que había personas que se aprovechaban de los puntos débiles de otras para manipularlas. Su madre, sin ir más lejos, se lo había hecho y Macy estaba decidida a no dejar que nadie volviera a hacérselo en su vida.

Su madre ya le había hecho suficiente daño.

Sin embargo, no parecía que a Rory sus lágrimas le hubieran parecido un síntoma de debilidad. Parecía preocupado por ella.

Macy se estremeció al recordar sus brazos y el sentimiento de seguridad que había experimentado entre ellos, el consuelo que le había ofrecido cuando lo había necesitado desesperadamente.

Aunque sabía que era una tontería, mientras lo abrazaba, había sentido como si su fantasía adolescente se hubiera hecho realidad y el vaquero hubiera aparecido para rescatarla.

Macy se dijo que, aparte de ridículo, aquel pensamiento era de los que metían a una mujer en problemas porque, en lugar de sacarse las castañas del fuego ella sola, dependía de un hombre para hacerlo.

Eso había sido lo que su madre había hecho al casarse con su padrastro. Al hacerlo, se había entregado a un hombre malhumorado y egoísta y se había pasado el resto de su vida castigando a los demás por su error.

Sobre todo, a ella.

Macy apretó los dientes con decisión. Ella no iba a caer en ese tipo de trampas. No iba a depender de Rory Tanner porque sería un tremendo error y ella hacía las cosas por sí misma.

Era la única manera de sobrevivir.

Desde la boda de Ry y Kayla, comer todos juntos el domingo se había convertido en una tradición familiar que a Rory le encantaba.

Sin embargo, aquel domingo llegaba tarde porque se había pasado la noche en vela pensando en Macy Keller, la mujer que tenía tantos problemas que ni un convento entero de monjas rezando un año podría solucionar.

Cuando llegó al rancho familiar, sus hermanos y sus esposas ya estaban allí, sentados a la mesa.

Besó a todas las mujeres y se sentó junto a la trona de su sobrina, a la que acarició la nariz.

–¿Qué tal está mi chica preferida?

–No te dejes engañar –le advirtió Ace a su hija–. Eso se lo dice a todas.

Rory chasqueó la lengua mientras se ponía la servilleta en el regazo.

–¿Y yo que le voy a hacer si me gustan tanto las mujeres?

—Lo has debido de heredar del viejo —murmuró Ace.

—Te he oído —se indignó Rory.

Ace se encogió de hombros.

—Ahora, es hora de comer —anunció Ry pasándole a Rory el puré de patata—. Ya os pelearéis luego. ¿Qué tal va la tienda?

—Bien —contestó Rory sirviéndose puré.

—Me han dicho que Macy Keller se ha encargado del jardín —comentó Woodrow.

—El paisajista que había contratado no apareció, así que ella se ofreció a hacerlo —contestó Rory sirviéndose judías.

—¿Ella? —dijo Ace enarcando una ceja.

Rory se sirvió un filete, todavía enfadado con su hermano mayor por haber dicho que había heredado de su padre el ser un ligón.

—No es asunto tuyo, pero he hecho un trato con ella —lo informó secamente.

—Me puedo imaginar qué es lo que te va a dar ella a cambio —rió Woodrow.

—Si estás pensando en sexo, te equivocas —le aseguró Rory.

—¿De verdad?

—Para que lo sepas, fue ella la que propuso el trato.

—¿Y en qué consiste ese trato? —insistió Ace.

—Ella me ha hecho el jardín a cambio de que yo la ayude a encontrar a su padre —contestó Rory muy satisfecho—. Supuse que era la oportunidad perfecta para tenerla vigilada.

–Bien pensado –aprobó Ace–. ¿Y lo habéis encontrado?

–Ayer por la noche fuimos a ver a Dixie y resulta que se acordaba de la madre de Macy y nos dio el nombre de su mejor amiga. Una tal Sheila Tompkins. ¿Os suena?

–¿Sheila Tompkins? –repitió Ace arrugando el ceño–. No, a mí no me suena de nada. ¿Y a ti, Woodrow?

Woodrow negó con la cabeza.

–No.

–¿Has mirado en el listín telefónico? –sugirió Maggie.

–Sí, pero no hay nadie con ese apellido –contestó Rory.

–Me parece que sé de una persona que se va a acordar de ella –dijo Elizabeth.

–¿Quién? –le preguntó su marido.

–Maw Parker –contestó Elizabeth–. Lleva toda la vida viviendo en Tanner's Crossing y conoce a todo el mundo.

–Tienes razón –contestó Woodrow–. ¿Por qué no vas a verla? –dijo girándose hacia su hermano Rory.

–Buena idea –contestó Rory.

–¿Qué te parece Macy? –le preguntó Ace con curiosidad.

–¿Por qué lo preguntas?

–Por nada en particular, pero, como eres el que más la conoce, quería que me contaras algo sobre ella.

–Sé que es paisajista, que utilizó el dinero del fondo del viejo para pagarse los estudios y que ha venido a Tanner's Crossing para devolvernos ese dinero y averiguar quién es su verdadero padre –contestó Rory–. Eso es todo. No habla mucho.

–¿Y como persona?

–Es una paisajista espectacular y, en cuanto a su personalidad, es dura, decidida e independiente, no tiene pelos en la lengua y siempre está a la defensiva –contestó Rory chasqueando la lengua–. Me recuerda a una tortuga porque anda con los hombros pegados a las orejas, como si estuviera esperando siempre que alguien le diera una colleja –sonrió–. Sin embargo, hay algo en ella... no sé, como un halo de tristeza –recapacitó.

–¿Por qué dices eso? –preguntó Maggie.

–No sé, parece como si estuviera perdida o algo así.

–No es de extrañar, pues debe de estar sufriendo una crisis de identidad –intervino Elizabeth–. Por naturaleza, los humanos obtenemos nuestra identidad de nuestros padres. La muerte de su madre y el descubrimiento de que el hombre que siempre había creído su padre no lo era la ha desprovisto de ese identidad. Probablemente, se estará preguntando quién es y, de ahí, que tenga esa apariencia de estar perdida de la que hablas, Rory. También podría ser la razón de que siempre esté a la defensiva. Saber quién eres y de dónde vienes da seguridad y supongo que Macy se encuentra ahora mismo muy insegura porque ha perdido su identidad. Supongo que descubrir que le han mentido durante tantos años ha hecho que desconfíe de todo el mundo, y es comprensible porque no debemos olvidar que la que le mintió fue su madre, que es en la persona en la que se supone que más puedes confiar. Puede que me equivoque, pero creo que está asustada y está intentando encontrar su identidad. Hasta que lo consiga, se sentirá atrapada en una especie de purgatorio. No puede ir hacia atrás porque el pasado ya no existe ni hacia delante porque cree no tener futuro. Hasta que no averigüe quién es su padre, hasta que no sepa quién es ella, estará en una especie de limbo.

La caravana de Macy era pequeña y parecía de fin de semana. La había aparcado bajo un árbol y estaba tumbada en una silla, dormida o muerta porque no lo había visto llegar.

Tras dejar el rancho familiar, Rory se había acercado a verla porque la explicación que le había dado Elizabeth lo había dejado preocupado.

—¿Poniéndote morena? —le dijo al acercarse.

Al oír su voz, Macy dio un respingo y se quitó las gafas de sol.

—¿Me quieres matar del susto?

Rory sonrió; se ponía muy mona cuando se enfadaba.

—No, pero parece que casi lo consigo.

Macy lo miró con el ceño fruncido.

—Me había quedado dormida.

Rory le acarició el hombro y sonrió al comprobar que se estremecía.

—Bonito pijama —comentó fijándose en sus pantalones cortos.

—Quita la mano de ahí —gruñó Macy.

—Solamente estaba admirando tu gusto para elegir la ropa —se defendió Rory apartando la mano.

—¿Qué quieres?

—¿Es que tengo que querer algo para venir a ver a una mujer bonita?

—Te recuerdo que soy inmune a los hombres como tú.

—Yo no estaría tan segura —dijo Rory mirándola a los ojos.

Macy se cruzó de brazos para disimular que los pezones amenazaban con atravesar la tela de la camiseta.

—¿Qué quieres? —repitió.

—Iba a la tienda y pensé que, a lo mejor, querrías venir conmigo para ver cómo están las plantas —contestó Rory.

Macy frunció el ceño, pero se puso las sandalias.

—¿Por qué no? No tengo nada mejor que hacer.

–¿De verdad vas a venir conmigo? –preguntó Rory sorprendido.

–¿Has regado las plantas hoy?

–No.

–Entonces sí, voy contigo –contestó Macy yendo hacia el coche de Rory–. Alguien tiene que asegurarse de que no se mueran.

Capítulo Cuatro

Macy metió el dedo en la tierra de una yuca para ver si estaba húmeda.

–Todavía no necesita agua –anunció poniéndose en pie y limpiándose las manos–. Lo mejor que podrías hacer es instalar un riego automático –añadió mirando a su alrededor.

–¡Esta tía es idiota!

Macy se giró sorprendida.

–¿A quién te refieres?

–A la escaparatista –contestó Rory–. Ha puesto fiambres en el escaparate cuando le dije que no lo hiciera.

–¿Fiambres? –preguntó Macy confusa–. ¿Te refieres a los maniquíes?

–¡Por supuesto! –exclamó Rory–. ¿Y ese rincón? ¿Acaso te parece una cuadra?

–¿Tendría que parecérmelo? –preguntó Macy sin saber muy bien qué decir.

–¡Claro! ¡Ha puesto una valla de maderita blanca típica del jardín de rosas de una ancianita, pero no de un rancho! ¿Y esa arena? ¡Mira que le dije que pusiera barro de verdad! ¡Pero si parece una playa!

Lo cierto era que Rory tenía razón. La decoración de la tienda era un tanto ridícula.

–No está tan mal –dijo sin embargo, intentando ser diplomática.

Rory la miró como si se hubiera vuelto loca.

–¿Me estás tomando el pelo? Cuando los vaqueros vean esto, se van a partir de risa.

Macy se encogió de hombros.

–Si no te gusta, dile que lo vuelva a hacer.

–¡No puedo! ¡Ya se ha ido y la tienda se inaugura el miércoles!

–¿Y por qué no lo haces tú? –le propuso Macy un tanto irritada–. ¡Parece que tienes muy claro lo que quieres!

–¡Porque yo no sé hacerlo! Dios fue muy generoso conmigo en otros aspectos, pero no tengo talento artístico.

Dicho aquello, se giró hacia el escaparate con la misma expresión de un niño al que se le acaba de caer el helado sin haberlo podido probar.

–Y yo que quería que esta tienda fuera especial –se lamentó–. He nacido aquí y quería que mis conciudadanos tuviera la mejor tienda de artículos del oeste del estado. Incluso he invitado a los medios de comunicación y a las autoridades de todo Texas a la inauguración. No me quiero ni imaginar las fotos de los periódicos con el gobernador cortando la cinta delante de este escaparate –añadió sacudiendo la cabeza–. En lugar de poner un negocio del que la gente de Tanner's Crossing pueda sentirse orgullosa, vamos a ser el hazmerreír del país por mi culpa.

—No es para tanto —intentó tranquilizar Macy.

Rory suspiró.

—Es espantoso. La gente que compra en mis tiendas, es decir granjeros, rancheros y vaqueros, van a tomarse ese escaparate como una burla hacia ellos y hacia su manera de ganarse la vida.

Macy volvió a mirar el escaparate y comprendió.

—¿Y qué puedes hacer?

—Nada —contestó Rory—. Lo único que puedo hacer es desmontar el escaparate y dejarlo vacío. Así, por lo menos, la gente no se sentirá ofendida.

Macy se quedó alucinada al ver que Rory estaba dispuesto a sacrificar un escaparate, que le debía de haber costado una fortuna, por el bien de sus vecinos.

Aquello le hizo preguntarse si aquel hombre no sería mucho mejor de lo que ella había creído.

—Dame las llaves —le dijo.

—¿Para qué? —contestó Rory dándoselas.

—Vamos a arreglar ese escaparate para que la gente de Tanner's Crossing se sienta orgullosa de ti.

En una hora tenían el escaparate vacío y, acto seguido, fueron al rancho, recogieron todo lo que necesitaban y volvieron a la tienda.

Para entonces, el sol se estaba poniendo, pero dentro del escaparate hacía tanto calor como en un horno.

Mientras Rory echaba palas de barro, Macy colocaba una valla de madera.

–¿Estás seguro de que a tu familia no le va a importar que nos hayamos traído estas cosas?

Rory se secó el sudor de la frente.

–Ya te he dicho tres veces que todo lo que hay en el granero no sirve.

–¿Y si lo tenían ahí para utilizarlo para algo? –insistió Macy clavando un clavo.

–Que no –insistió Rory.

–¿Pero y si van a buscarlo y no lo encuentran?

Rory dejó la pala clavada en el suelo y la miró a los ojos.

–¿Te han dicho alguna vez que te comes demasiado la cabeza?

Macy lo miró y frunció el ceño.

–No es que me coma demasiado la cabeza sino que tengo conciencia –le explicó–. Claro que no creo que tú sepas lo que es eso.

–¿Qué te hace pensar eso?

–Los hombres como tú no suelen tenerla.

–¿Y qué tipo de hombre soy?

–Un ligón.

–Perdona, pero no entiendo la conexión.

–Un ligón hace cualquier cosa para seducirte, incluso te miente, así que no tiene conciencia.

–Siento decirte que yo no tengo que halagar a una mujer para seducirla.

Macy enarcó una ceja y zarandeó la valla.

–¿Crees que aguantará?

–Parece que sí –contestó Rory–. Te repito que no necesito halagar a una mujer para seducirla.

–¿Ah, no? ¿Y cómo lo haces? –quiso saber Macy mientras clavaba otra madera.

–Por cómo lo dices, parece como si lo tuviera todo premeditado –contestó Rory cortando unos trozos de alambre–. No planeo con antelación hacer el amor con una mujer. Simplemente, sucede.

–Ya, claro –murmuró Macy.

–¡Así es! Hay una cosa que se llama química y, cuando la sientes con otra persona, sucede lo que tiene que suceder, pero no lo puedes forzar. Hay chispa o no la hay y ya está.

–¿Te gustaría hacer el amor conmigo?

Lo había preguntado como quien no quiere la cosa.

–Pues… no.

–¿Por qué no?

Rory se pasó la mano por el cuello, repentinamente incómodo.

–No lo sé. Probablemente, porque no eres mi tipo.

–¿Y cuál es tu tipo?

–Me gustan las mujeres femeninas.

–¿Y yo no lo soy? –preguntó Macy mirándolo de reojo.

Rory se dio cuenta de que estaba entrando en arenas movedizas. Si no tenía cuidado, tenía muchas posibilidades de herir sus sentimientos.

—No es que no seas atractiva, pero... bueno, lo cierto es que me gustan las mujeres con más... pecho.

—¿Me estás diciendo que no harías el amor conmigo, que entre tú y yo no hay química, porque tengo poco pecho? —le preguntó Macy girándose hacia él.

—Sí. Supongo que así es.

Macy dio un paso hacia él.

Rory alargó el brazo y se rió nervioso.

—Eh, ¿qué haces?

Macy le puso las manos en los hombros.

—Quiero demostrarte una cosa.

Algo había cambiado en su expresión, en sus ojos, sus rasgos se habían dulcificado y sus ojos parecían más cálidos.

Rory se quedó mirándola anonadado mientras Macy se pasaba la punta de la lengua por los labios.

Rory sintió que se quedaba sin aliento.

Entonces, Macy se apretó contra él y sus cuerpos quedaron en contacto. La tenía tan cerca que podía contar las pintitas que tenía en los ojos y sentir el latido de su corazón como si fuera el suyo propio.

Entonces, Macy se inclinó sobre él y lo besó.

Calor.

Eso fue lo primero que pensó Rory, pero enseguida Macy abrió la boca y sintió necesidad.

El deseo lo azotó como un látigo.

Menos mal que aquella mujer no era su hermanastra, como ella había creído en un principio.

Rory la tomó de la cintura y Macy le pasó los dedos por el pelo de manera desesperada mientras lo besaba con ardor.

Rory comenzó a sentir que el calor le abrasaba los ojos y la garganta. Lo único en lo que podía pensar era dónde.

¿Dónde podía hacerle el amor? Desde luego, no en el escaparate. ¿En el despacho? No, lo único que había allí era su mesa llena de papeles.

¡Los vestuarios! Allí había bancos.

—Al vestuario —murmuró.

Pero Macy se apartó de él.

—No hace falta —murmuró—. Creo que ya he demostrado lo que quería demostrar.

Rory tardó un momento en comprender.

Cuando lo hizo y abrió los ojos, se encontró a Macy mirándolo muy sonriente. Enfadado consigo mismo por haberse dejado engañar, la soltó a toda prisa.

—No has demostrado absolutamente nada.

—Claro que sí —sonrió Macy yendo hacia la puerta—. Ya terminaremos mañana —añadió—. Me refiero al escaparate, por supuesto —concluyó saliendo a la calle riéndose a carcajadas.

Cuando Rory llegó a la tienda a la mañana siguiente, se encontró con Macy, que, fresca como una lechuga, estaba regando las plantas.

Aquello lo irritó sobremanera.

¿Cómo podía estar tan contenta mientras él estaba destrozado desde que se habían besado?

Al verlo, Macy sonrió y lo saludó con la mano.

—¡Buenos días!

—No sé qué tienen de buenos —gruñó Rory.

—El cielo estaba despejado, hace sol... —contestó Macy—. ¿Qué más se puede pedir?

—Me pones negro.

Macy chasqueó la lengua.

—¿No me irás a decir que sigues enfadado por lo del besito de ayer?

—¿Besito? ¿Te refieres al morreo que me diste ayer? —le espetó Rory yendo hacia ella—. Por si no lo sabes, bonita, eso es calentar a un hombre y se suele hacer para estimularlo sexualmente.

Macy se sonrojó ante sus palabras. Rory sabía que la estaba incomodando, pero no estaba dispuesto a echarse atrás cuando había pasado una noche muy incómoda por su culpa.

—Y no estoy hablando de sexo en plan postura del misionero —continuó disfrutando del momento– sino de sexo salvaje, de sexo en el suelo o en cualquier sitio, de sexo sin límites. Los besos inocentes me gustan, pero el que tú me diste ayer no tuvo nada de inocente. Ese beso prometía cosas que no me diste y por eso estoy molesto. Creo que es normal.

Macy apretó los dientes y se concentró en un grupo de flores.

–No fue mi intención excitarte al besarte –le recordó–. Te besé para demostrarte algo y lo conseguí –le aseguró.

–¿Ah, sí? Me vas a tener que refrescar la memoria. ¿Qué era exactamente lo que me querías demostrar?

–Me dijiste que no te acostarías conmigo porque no había química entre nosotros porque tengo poco pecho yo te demostré de eso no es así.

–Ah, sí –dijo Rory como si recordara–. Me acuerdo de haber hablado de química, pero lo de que hayas demostrado algo... –le dijo cruzándose de brazos–. No has demostrado absolutamente nada.

–¿Cómo que no?

–No. Para haber demostrado algo, tendríamos que haber hecho el amor y, la verdad, no recuerdo haberme acostado contigo.

–Pero querías hacerlo –lo acusó Macy furiosa.

–Una cosa es lo que quiero hacer y otra cosa lo que hago y, hasta que no hagamos el amor, no has demostrado absolutamente nada. Sólo que eres una calientabraguetas.

Y, dicho aquello, se llevó el dedo al sombrero para despedirse y se alejó encantado de haberle estropeado el día.

Rory le encargó a Jimmy, un chico que todavía iba al colegio pero trabajaba también, que ayudara a Macy a terminar el escaparate.

No era que no le apeteciera hacerlo a él, pero tenía cosas más importantes de las que ocuparse.

Sólo quedaban dos días para la inauguración de la tienda y tenía que hacer llamadas, confirmar invitaciones y asegurarse de que el inventario estaba completo, que fue lo que hizo durante todo el día.

Eran más de las cinco cuando llamaron a la puerta de su despacho.

–Adelante.

–¿Vas a cumplir con tu parte del trato?

Rory levantó la mirada y se encontró con Macy.

Encantado de ver que no estaba tan alegre como aquella mañana, se echó hacia atrás en la silla y entrelazó los dedos sobre el pecho.

–¿A qué te refieres? –le preguntó como si no supiera de lo que le estaba hablando.

–Me dijiste que me ibas a ayudar a encontrar a mi padre.

—Así es —contestó Rory sacando un papel de un cajón y dejándolo sobre la mesa—. Sheila Tompkins se casó con Ted Sawyer y viven en Burnet, aquí, en Texas.

Macy agarró el papel y lo miró.

—¿Cómo sabes que es ella?

—He hablado con Maw Parker —contestó Rory—. Es la cotilla del pueblo —le explicó a continuación.

—¿Le has preguntado por mi madre?

—Sí y me ha dicho que se acuerda de ella, pero que no recuerda que se quedara embarazada.

Macy se guardó el papel en el bolsillo del pantalón.

—Ya hemos terminado el escaparate —murmuró—. Me gustaría que vinieras a verlo.

—Buena idea —dijo Rory poniéndose en pie y siguiéndola.

Al llegar ante el escaparate, se quedó con la boca abierta pues la transformación había sido espectacular.

—Ha quedado mejor de lo que esperaba.

—¿Te gusta?

—¿Gustarme? —rió Rory—. ¡Es perfecto! —añadió fijándose en los cactus—. ¿Es césped de verdad? —preguntó.

—Sí, de aquí. Todas las plantas son de verdad. Por cierto, alguien va tener que ocuparse de ellas. Ya le he explicado a Jimmy cómo regarlas.

—¿De dónde has sacado todo esto?

Macy se encogió de hombros.

—De aquí y de allá.

—¿Cuánto te debo?

Macy sacudió la cabeza.

—Estamos en paz.

—¿Y eso?

Macy se alejó hacia su coche.

—Tú me has dado la pista que necesitaba —contestó tocándose el bolsillo del pantalón.

Al terminar en la tienda, Rory fue al rancho diciéndose que no se sentía culpable por haber abandonado a Macy.

Se había ocupado ella de terminar el escaparate, pero no se sentía culpable porque, al fin y al cabo, se había presentado voluntaria para el trabajo.

Además, la había ayudado a encontrar a su padre. Ella misma se lo había dicho cuando le había entregado la dirección de Sheila Tompkins.

Pero, a pesar de toda aquella lógica, no podía dejar de pensar en todo lo que había hecho Macy por él, que había sido montar el jardín y encargarse del escaparate.

Él la había acompañado a ver a Dixie y le había conseguido la dirección de Sheila Tompkins.

Aunque iban empatados a dos, no era fácil

ser un genio para darse cuenta de que las dos cosas que Macy había hecho por él valían mucho más que las dos que había hecho él por ella.

Sin embargo, ella le había dicho que estaban en paz. Con aquello en mente, fue hacia su casa para ver qué habían hecho los carpinteros.

La cocina y el baño ya estaban terminados y, en un par de semanas, un mes como mucho, su nuevo hogar estaría terminado.

Cinco mil pies cuadrados de casa y doce mil de terreno. Más espacio no se podía pedir. De hecho, se le ocurrió de repente que la casa era demasiado grande para una persona y pensó que en el jardín cabrían diez caravanas como la de Macy.

«Macy otra vez», pensó de mal genio.

Mientras se paseaba por la casa, se sintió tremendamente solo y recordó el miedo que le daba de pequeño estar solo.

Sus hermanos le habían tomado el pelo constantemente por ello. A veces, incluso le hacían creer que estaba solo y luego se reían de él.

Pero aquella época había quedado atrás hacía mucho.

Ya no le daba miedo estar solo y suponía que tenía que darles las gracias a sus hermanos por haberle borrado aquella fobia, pues la humillación era una buena medicina.

Se quedó mirando por la ventana maravillado. Ante él, se extendían interminables praderas de hierba verde en la que pastaba el ganado.

Estaba oscureciendo y el sol se ponía en las colinas cercanas, coloreando el cielo de rojo, amarillo y naranja.

«Qué bien se está en casa».

Era maravilloso tener un hogar. Rory tenía cinco casas, una en cada ciudad donde tenía tienda, pero ninguna de ellas era su hogar.

Sólo eran lugares donde dormir, tener cosas, pero éste era su hogar, el lugar en el que había nacido y se había criado.

El lugar en el que siempre había querido vivir, en el que había querido tener una familia, con sus hermanos cerca, para que los hijos que tuvieran crecieran juntos en el rancho familiar, tal y como lo habían hecho ellos.

Rory frunció el ceño preguntándose qué tipo de recuerdos tendría Macy. Al no tener hermanos, su vida habría sido muy diferente de la suya.

En su opinión, ser hija única tenía que ser espantoso. No tener hermanos significaba no tener amigos con los que jugar, significaba que nadie te leyera la cartilla cuando hacías una estupidez o te diera una palmada en el hombro cuando hacías algo bien.

No tener hermanos significaba no tener a nadie que te quitara los miedos, una persona a la que hablar cuando te sintieras solo o necesitaras un hombre sobre el que llorar.

¿Con quién hablaría ella cuando estuviera agobiada?

Su madre y su padrastro habían muerto, así que no tenía a nadie a quien recurrir.

Sin embargo, en aquellos mismos momentos podía estar a punto de averiguar quién era su padre y si tenía una familia... siempre y cuando estuviera vivo y quisiera establecer una relación con ella.

De no ser así, Macy volvería a encontrarse como al principio.

Completamente sola.

Recordó en qué estado emocional había quedado tras la conversación con Dixie. Aunque había intentado controlarse para no venirse abajo delante de él, no lo había conseguido.

Rory se tocó el pecho al recordar cómo sus lágrimas habían mojado su camisa. Recordó lo calientes que eran, el dolor que reflejaban.

Si su encuentro con Sheila Tompkins fuera igual de mal, ¿quién la consolaría? Probablemente, en aquellos momentos, estaría sola, llorando a mares en su caravana.

Rory se dijo que debería haber ido con ella.

Se había comprometido a ayudarla a encontrar a su padre y eso quería decir llegar hasta el final, no limitarse a darle un nombre y una dirección.

Por lo poco que la conocía, suponía que Macy habría salido corriendo rumbo a Burnet aquella misma tarde para hablar con Sheila Tompkins cuanto antes.

En opinión de Rory, cuando se necesita información de una persona no había que ser impaciente ni demasiado directo, sino utilizar la astucia.

Lo cierto era que ésa era una de sus cualidades, así que decidió ir a ayudarla aunque Macy no quisiera.

No tenía familia ni nadie a quien recurrir, estaba sola en el mundo y Rory sabía lo que era eso, el miedo que podía apoderarse de una persona.

Aunque gracias a los sustos de sus hermanos se le había quitado el miedo a estar solo, no había olvidado los sentimientos asociados a aquel miedo y no le parecía bien dejar que, pudiendo evitarlo, otra persona tuviera que pasar por ello.

Macy estaba sentada con las manos entre las rodillas, intentando ocultar su impaciencia mientras esperaba la respuesta de Sheila Tompkins.

–¿Embarazada? –dijo la mujer visiblemente sorprendida–. Cielo santo. No lo sabía. Darla Jean jamás me dijo que estuviera embarazada. Lo único que me dijo antes de irse de aquí fue que quería encontrar a un hombre rico con el que casarse.

Macy intentó ocultar su decepción.

–Efectivamente, se casó –le dijo–. Con un hombre rico, sí. Mi padrastro tenía mucho dinero, pero también era muy tacaño.

Aquello hizo reír a Sheila.

–Supongo que tu madre no lo podría soportar; ella quería que su marido la colmara de atenciones, y era muy impaciente.

Macy sabía perfectamente a qué se refería Sheila pues había sufrido el egoísmo de su madre en primera persona.

–¿Se acuerda usted de si había algún hombre especial con el que saliera mi madre? –le preguntó esperanzada.

Sheila sonrió y le puso la mano en la rodilla.

–Mira, supongo que querrás que te diga quién es tu padre, pero te aseguro que no lo sé. A tu madre le encantaban los hombres y ella les encantaba a ellos. No sé si salía con uno en concreto, más bien, salía con todos cuando le apetecía.

Macy asintió educadamente y se puso en pie.

–Bueno, me voy a ir. Ya la he molestado bastante. Gracias por recibirme.

Sheila le pasó el brazo por los hombros y la acompañó hasta la puerta.

–Ha sido un placer conocerte. Siento no haberte podido servir de ayuda, pero cuando tu madre se fue de aquí cortó todos los lazos, incluso conmigo.

–Si recuerda usted algo...

–Te llamaré por teléfono –le aseguró Sheila.

Macy asintió y se giró para irse. Estaba llegando al coche cuando Sheila salió corriendo tras ella.

–¡Espera!

Macy se giró y rezó para que Sheila hubiera recordado algo.

–Mira, estas fotos son de tu madre y mías y de la pandilla con la que salíamos entonces. No se si te servirán de algo, pero quédatelas.

–Gracias, haré copias y se las volveré.

–No, quédatelas –dijo Sheila entregándole una caja–. A mi marido nunca le han hecho mucha gracia.

Capítulo Cinco

Macy volvió a Tanner's Crossing con la caja en el bolso, pero no la abrió inmediatamente pues quería estar a solas en su caravana.

No esperaba averiguar quién era su padre viendo aquellas fotografías, pero ver a su madre de jovencita le provocaba curiosidad.

Al llegar al pueblo, en lugar de tomar la carretera de circunvalación, pasó por el centro, por delante de la tienda de Rory.

Se dijo que no lo había hecho para ver si lo encontraba sino solamente para ver qué tal iba el jardín.

Comprobó que las plantas iban muy bien, pero la decepcionó no ver el coche de Rory allí.

Le había dejado muy claro que no quería nada con ella y, desde luego, no lo iba a obligar.

Además, no debía olvidar que la había llamado calientabraguetas y ella no era así. Su madre, sí, pero ella, no.

Aunque lo hubiera sido, no lo había besado con la intención de seducirlo sino solamente para demostrarle que no tenía razón.

La había insultado, la había enfadado con su comentario, con aquello que había dicho de que le gustaban las mujeres más femeninas y con más pecho.

No hacía falta que nadie le recordara que no tenía un cuerpo bonito porque ya se veía todas las mañanas en el espejo.

De todas maneras, aunque hubiera nacido con un cuerpo de escándalo, jamás lo habría utilizado; se había pasado toda la vida viendo cómo su madre batía las pestañas y dejaba que le miraran el escote para conseguir lo que quería.

Utilizar la belleza y las artes femeninas de una tenía un precio. Si una mujer lo hacía, quedaba en deuda con un hombre, debilitada, dependiente y vulnerable.

Desde luego, no era eso lo que Macy quería para ella. Era una mujer inteligente y con iniciativa, algo que había utilizado para llegar donde había llegado y que pensaba seguir utilizando toda su vida.

Nada que ver con la mujer rubia y tonta que su madre había sido y que había perfeccionado durante los años.

Aun así, que no aprobara la seducción como arma en la vida no quería decir que no le gustaran los hombres.

También le gustaba el sexo, la verdad. Tuviera o no pechos grandes, seguía siendo una mujer y tenía deseos.

Era obvio que Rory también pues había respondido a su beso de manera inequívoca.

Al recordarlo, sintió que la sangre le hervía en las venas pues aquel hombre besaba de maravilla.

También tenía un cuerpo y una sonrisa para enloquecer.

Pensándolo bien, podía entender que su madre hubiera intentado convencer a Buck para que se casara con ella porque, si se parecía a su hijo, debía de ser un hombre difícil de resistir.

Aquélla era razón más que suficiente para mantener las distancias con su hijo pequeño y así lo decidió Macy mientras llegaba al camping.

Entonces, ¿por qué sentía un irreprimible deseo de verlo, de hablar con él? ¿Por qué le gustaría que...?

Sus pensamientos quedaron bruscamente interrumpidos cuando vio la furgoneta de Rory aparcada junto a su caravana.

¿Qué hacía allí?

Macy aparcó su jeep, se colgó el bolso del brazo y salió del coche.

Rory fue hacia ella y Macy pensó que estaba realmente guapo, lo que no encajaba con su reciente decisión de mantener las distancias.

–¿Qué haces aquí?

Rory se encogió de hombros.

–Me he pasado a hacerte una visita para ver si habías ido a Burnet.

–Sí, de aquí vengo –contestó Macy.

–Supuse que no perderías tiempo –sonrió Rory.

–¿Para qué iba a esperar?

Rory la miró a los ojos y se estremeció.

–¿Quieres contármelo?

–La verdad es que no.

–¿Has comido?

–No –admitió Macy.

–¿Quieres que compremos algo y vayamos al rancho? Así, te enseño la casa que me estoy construyendo.

Macy sabía que debería decir que no, pero...

–Sí, me parece una buena idea –contestó.

Tras comprar pollo frito, Rory y Macy se dirigieron al rancho familiar, en un trozo del cual Rory tenía su casa.

–Qué bonita –exclamó Macy sinceramente al llegar.

Rory sonrió encantado.

–Ven, que te la enseño por dentro –dijo aparcando–. Ten cuidado con dónde pisas.

–Dios mío –murmuró Macy a sus espaldas.

Rory se giró y la vio arrodillada en el suelo frente a un arbusto.

–Pobrecito mío, ¿qué te han hecho?

–No te preocupes. Cuando la casa esté terminada, voy a plantar un montón de árboles.

–Si no les dices a tus obreros que tengan cuidado, cuando quieras plantar árboles va ser imposible; la tierra estará destrozada y la vegetación no crecerá.

Rory entró en la casa pensativo y, tras poner un tablón sobre dos cubos de pintura, se sentó y la invitó a que hiciera lo mismo.

—¿Y qué puedo hacer?

—Despedir a todos los obreros inmediatamente.

—No puedo hacerlo. Aunque sean desconsiderados con la naturaleza, son buenos obreros —contestó Rory ofreciéndole un trozo de pollo.

—Entonces, debes intentar que no dañen los árboles. Para empezar, hay que limpiar el caos que tienen ahí fuera montado. Luego, tienes que asegurarte de que entiendan que tienen que tirar los escombros al contenedor y no encima de la vegetación y, para terminar, contrata a un paisajista, alguien con experiencia que sepa qué medidas de protección hay que tomar, alguien que se entienda bien con la cuadrilla, pero que sepa imponer disciplina.

—¿Es una indirecta? —preguntó Rory enarcando una ceja.

Macy puso los ojos en blanco.

—No te dicho todo eso para que me contrates a mí.

—Ya —sonrió Rory—. Por lo que he visto, tienes los conocimientos y la capacidad. Si lo quieres, el trabajo es tuyo.

Macy se puso en pie y se dirigió la ventana,

mordiéndose el labio inferior pero obviamente tentada por la oferta.

–Es un proyecto muy grande –murmuró pensando en voz alta–. Tendría que hacer un estudio, un boceto preliminar, un inventario de las plantas que se pudieran salvar, eliminar las que no tengan salvación... eso quiere decir que voy a necesitar cierto equipo y sólo tengo lo que compré para encargarme del jardín de la tienda.

–Compra lo que necesites en el pueblo y cárgalo a mi cuenta –le dijo Rory.

Macy se quedó mirándolo pensativa.

–¿Y si no me quedo por aquí el tiempo suficiente como para terminar el trabajo?

–Me conformo con el tiempo que puedas dedicarme.

Macy volvió a mirar por la ventana y tomó aire.

–Está bien.

Rory le guiñó un ojo.

–Estupendo.

Macy volvió a sentarse y eligió otro trozo de pollo.

–Espero que te apetezca un jardín natural. El lugar es perfecto y, además, tienes un montón de árboles centenarios alrededor, así que te ahorrarías mucho dinero.

–Tú eres la jefa, así que haz lo que te parezca mejor.

–Sería buena idea poner fuentes, pero te advierto que hay que mantenerlas y, considerando dónde está la casa, tendrás que pensar en los animales. ¿Hay ciervos por aquí?

A Rory le estaba costando cierto trabajo seguir la conversación porque a Macy se le había quedado un trozo de rebozado en la comisura de los labios y no paraba de intentar quitárselo con la lengua.

—¿Ciervos?

—Sí, lo digo porque, si ponemos hierba y arbusto de pequeño tamaño, podrían venir a comérselos.

—Sí, supongo —dijo Rory completamente fascinado por su boca.

—Podríamos poner una valla muy alta, pero, desde el punto de vista paisajístico, a mí no me gusta la idea. Yo prefiero poner plantas que no les gusten. Así, no se las comerán.

Rory se encontró recordando el beso que le había dado, su cuerpo, el calor de aquel contacto.

—¿Rory?

—¿Qué?

—¿Te pasa algo?

—No, ¿por qué?

—Porque tienes una cara... no sé. Cualquiera diría que estabas mirándome como si fuera tu cena.

Aquello describía bastante bien lo que Rory estaba sintiendo, así que no pudo evitar sonreír.

–Desde luego, tienes buena pinta.

Aquello hizo reír a Macy.

–Si no te importa, prefiero que sigas comiendo pollo.

Sin embargo, Rory dejó el trozo de pollo que estaba comiendo a un lado.

–Tienes una boca preciosa.

–¿Por qué me dices eso?

–Porque es lo que pienso.

–Pues piensa en otra cosa.

Rory se inclinó hacia delante y sonrió.

–¿Te pone nerviosa saber que me gusta tu boca?

–La verdad es que sí. ¿No te pasaría a ti lo mismo?

–No, a mí me encantaría que me dijeras algo así –contestó Rory pasándole el brazo por la cintura.

Lo tenía tan cerca que Macy no pudo evitar quedarse mirando su boca. Tenía labios carnosos que se curvaban de manera natural hacia arriba, como si Rory siempre estuviera sonriendo por algún tipo de broma que sólo él conocía.

Macy cerró los ojos y tragó saliva, recordando aquella boca y deseando besarla de nuevo.

Sentía el aliento de Rory muy cerca y, al cabo de pocos segundos, sintió sus labios y lo oyó gemir satisfecho.

Sin embargo, se apartó.

–Está atardeciendo –anunció tomándola de

la mano–. Tengo una manta en el coche. Vamos fuera.

Macy se dejó llevar pues estaba medio atontada y no podía pensar con claridad. A ella le habría encantado que hubiera seguido besándola.

Al llegar al coche, Rory sacó una manta y se dirigieron a una colina cercana. Una vez allí, la colocó en el suelo y se sentó.

–Ven aquí conmigo –le dijo a Macy ofreciéndole la mano.

–Desde luego, esto es precioso –murmuró Macy observando la puesta de sol.

–¿Verdad que sí? –suspiró Rory.

Se quedaron sentados en silencio, observando el horizonte y cómo el cielo se iba tiñendo de diferentes tonalidades. Sólo se oía a las cigarras y algún cencerro de vaca a lo lejos.

Al cabo de un rato, Macy se dio cuenta de que Rory le había puesto la mano en el muslo. Lo miró de reojo y se encontró con que él la estaba mirando.

Inmediatamente, se le aceleró el corazón.

Rory le retiró un mechón de pelo de la cara.

–La primera vez que te vi, pensé que te habían trasquilado como a una oveja –le dijo.

Sintiendo como si la insultara, Macy intentó apartarse, pero Rory le tomó el rostro entre las manos.

–Ahora, sin embargo, me gusta –le dijo acercándose a ella–. Me gustas cada vez más.

Macy se quedó clavada en el sitio, mirándolo a los ojos.

Rory sonrió.

–¿Qué perfume llevas? –le preguntó al besarle el cuello–. Huele fenomenal.

–No es perfume, es agua de lavanda y la hago yo.

–No me lo puedo creer. Desde luego, eres una mujer de talento.

–Cualquiera puede hacerlo –rió Macy.

–Sí, pero eres la primera mujer que conozco que lo hace y eso te convierte en alguien especial y único.

Avergonzada, Macy se encogió de hombros.

–Supongo que eso es un cumplido.

–Tienes muchas cosas dignas de alabar –dijo Rory tomándola de la mano–. Por ejemplo, tus manos. ¿Sabes en lo que pienso cuando las veo?

Macy intentó apartar la mano pues no le gustaban sus uñas.

–¿Que siempre las tengo sucias?

Rory le besó la mano sin dejar de mirarla a los ojos.

–No, me pregunto qué me harían sentir si me acariciaran.

Macy sintió que se quedaba sin aliento.

Rory le tomó las manos y las colocó sobre su pecho.

–¿Probamos?

–No... yo...

Rory volvió a besarla.

—No pienses en nada, sólo déjate llevar, siente.

Macy tragó saliva y extendió los dedos sobre su pecho.

—Calor —murmuró Rory—. Aunque llevo la camisa puesta, tus manos me queman —le dijo besándola y desabrochándose el primer botón—. A ver sin camisa.

Sin dejar de besarla, se la desabrochó por completo y Macy no esperó para acariciarle el torso desnudo.

Al hacerlo, lo oyó gemir de placer.

Acto seguido, le quitó la camisa y le acarició los hombros.

«Aunque haya sido yo el que ha empezado, ella lleva las riendas», pensó Rory.

Era Macy la que lo estaba besando, eran sus labios los que demandaban cada vez más, eran sus manos las que lo acariciaban por todas partes.

Macy se colocó a horcajadas sobre él y siguió besándolo con pasión. Rory la tomó de la cintura y se dejó hacer impresionado porque jamás hubiera dicho que, bajo aquella fachada de chicazo, hubiera una mujer tan sensual.

Encantado, se dispuso a disfrutar de su hallazgo.

Le acarició la espalda y llegó hasta sus nalgas, que resultaron ser tal y como las había imaginado: delgadas, pero firmes.

Aquella mujer no tenía un gramo de grasa en el cuerpo.

Al sentir que se movía sobre su erección, gimió de placer. Aquella mujer se movía de maravilla.

Dejándose llevar por la curiosidad, deslizó las manos bajo su blusa y llegó al sujetador, que desabrochó.

Le acarició las costillas y subió hasta sus pechos. La oyó suspirar de placer. Sus pechos eran pequeños, pero firmes y de pezones erectos.

Ansioso por lamerlos, se tumbó sobre ella y le levantó la blusa, dejándolos al descubierto.

Los acarició y jugueteó con ellos y, a continuación, siguió la estela de sus dedos con la boca.

Macy arqueó la espalda.

—Olvídate de aquello que te dije de que tenías poco pecho —sonrió Rory lamiéndole uno—. Estaba confundido.

Macy gimió de placer.

Rory se quitó las botas y los vaqueros. A continuación, la desnudó también a ella. En pocos segundos, estaba entre sus piernas de nuevo.

—¿Necesitamos protección?

—No, lo que necesitamos es que te des prisa —contestó Macy.

Rory sonrió.

Pero si es mucho más divertido así...

—Rory.

Rory sonrió encantado al ver que Macy estaba impaciente, pero no se aceleró pues sabía que tenían ante sí una noche entera para disfrutar.

Comenzó a besarla por el cuello hasta llegar de nuevo a sus pechos, deslizó una mano hasta encontrar su entrepierna y le acarició la parte interna de los muslos haciéndola suspirar de placer.

Cuando encontró su centro, caliente y húmedo, creyó morir.

—Rory, por favor…

Rory no podía ignorar su desesperado ruego. No podría haberlo hecho aunque hubiera querido, porque se sentía igual de desesperado.

Colocándose encima de ella, entrelazó sus dedos con los de Macy, la miró a los ojos y la penetró.

Pronto estaban moviéndose al mismo ritmo y alcanzando el orgasmo a la vez.

Rory se tumbó de espaldas y la abrazó.

—¿Qué te ha parecido la puesta de sol? —le preguntó besándola.

—¿Qué puesta de sol? —sonrió Macy.

Aquella noche la pasaron en la caravana de Macy que, aunque era muy pequeña, sirvió de nidito de amor improvisado a las mil maravillas.

A la mañana siguiente, Rory se despertó y se quedó mirándola, disfrutando del momento.

Sin embargo, tuvo que ponerse en movimiento porque quedaba poco tiempo para la inauguración de la tienda y tenía muchas cosas que hacer.

—Despierta, preciosa —le dijo besándole el cuello.

Macy se estiró como un gato.

—¿Qué hora es?

—Las seis y cuarto —contestó Rory.

—Pero si a estas horas no están ni las calles puestas —protestó tapándose con una sábana.

Rory rió y le besó el hombro.

—Inauguro la tienda dentro de dos días y tengo un montón de cosas que hacer —le recordó.

—Te ofrecería desayuno, pero no cocino bien —sonrió Macy.

Rory se puso en pie y comenzó a vestirse.

—¿Ni siquiera me vas a ofrecer una taza de café?

—Si no hay más remedio —contestó Macy incorporándose y sentándose en el borde de la cama.

Al verla completamente desnuda, Rory se olvidó del café y se tumbó sobre ella.

—Luego —dijo—. Ahora, tenemos cosas más importantes que hacer.

Capítulo Seis

Mientras se ocupaba de un árbol el que crecía junto a la casa de Rory, Macy se dijo que el problema de acostarse con un hombre era que luego no paraba una de pensar en él.

Si el sexo con él había sido malo, no volvías a pensar en él, pero, si había sido bueno, querías más.

El sexo con Rory había sido, definitivamente, extraordinario y, por eso, no era capaz de concentrarse en nada más de dos segundos seguidos sin pensar en él, lo que constituía toda una distracción.

Y distraerse era lo último que necesitaba en aquellos momentos.

En ese instante, vio que el pintor salía por la puerta trasera y lo miró de reojo.

Nada más llegar a trabajar aquella mañana se había dado cuenta del tipo de hombres con el que iba a tener que tratar.

Hombres torpes y mezquinos que creían que el único lugar que debía ocupar una mujer era su cama.

Así que se había presentado y les había dicho

que Rory la había contratado como paisajista con autorización para despedir a cualquiera que no tuviera cuidado con la vegetación.

Era algo exagerado, pero pensó que era lo mejor para meterlos en vereda.

Aunque siguió con lo que estaba haciendo, se fijó en que el pintor dejaba sus herramientas sobre una mesa y se dio cuenta de que iba a limpiar las brochas e iba a tirar lo que sobrada al suelo.

Lo había visto hacer millones de veces. Era la manera más rápida de deshacerse de los químicos, pero también la manera menos respetuosa con el medio ambiente.

Macy pensó que tenía que dejar las cosas claras desde el principio, así que se puso en pie y se acercó al hombre, que, efectivamente, se disponía a tirar el aguarrás al suelo.

–Yo en tu lugar no lo haría.

El pintor dio un respingo y se giró hacia ella.

–¿Y quién me lo va a impedir?

–Yo –contestó Macy poniéndole la mano en el brazo.

El hombre la miró de arriba abajo y se rió.

–Tú y un equipo entero de luchadores de sumo, ¿no? –se burló intentando zafarse–. Quítate del medio y déjame en paz. Son las cinco de la tarde y me quiero ir a tomar una cerveza.

–Te advierto que, si tiras eso al suelo, estás despedido.

–Yo no acepto órdenes de una mujer. A mí me ha contratado Rory Tanner y él es el único que me puede despedir.

–Eso ya lo veremos –sonrió Macy.

Acto seguido, le puso el pie detrás del tobillo y lo empujó, haciendo que cayera al suelo sobre su trasero no sin antes haberle quitado el aguarrás de las manos.

Sorprendido, el pintor sacudió la cabeza, la miró y se levantó con un alarido. Acto seguido, cargó contra ella derribándola y haciendo que el contenido del cubo se esparciera por el suelo.

–Estás despedido –dijo Macy–. ¿Me has oído? ¡Despedido! ¡Recoge tus cosas y vete ahora mismo!

El hombre la miró con odio.

–Ya te he dicho que no acepto órdenes de una mujer –gritó agarrándola del cuello y apretando con fuerza.

Macy se dio cuenta de que tenía que hacer algo inmediatamente, pero no le dio tiempo a decidir qué pues, en un abrir y cerrar de ojos, alguien agarró al pintor del pelo y lo tiró al suelo hacia atrás.

–¿Estás bien? –le preguntó Rory arrodillándose a su lado.

Macy asintió y se llevó la mano a la garganta.

–Lo he... despedido –consiguió contestar.

Rory miró al hombre, que estaba en el suelo quejándose.

–Si tú no lo hubieras hecho, lo habría hecho yo –le dijo ayudándola a levantarse con cuidado–. ¿Seguro que estás bien? –insistió llevándola al coche.

–Sí –contestó Macy.

Rory la miró detenidamente, como si necesitara verificarlo por sí mismo. Le abrió la puerta y esperó a que subiera al coche y, luego, se giró hacia el pintor.

–Ahora vuelvo –le dijo.

Macy observó horrorizada cómo iba hacia el pintor, lo agarraba de la camisa y le daba un puñetazo en la cara.

–¡Billy! –llamó a continuación.

Un hombre salió de la casa, pálido. Obviamente, había presenciado lo que había ocurrido.

–Lleva a Joe al médico para que le curen la nariz y le dices que me mande la factura. Cuando hayas terminado, vuelves aquí, recoges tus cosas y a tus hombres y te vas. No pienso dar trabajo a unos hombres que son capaces de ver cómo molestan y agreden a una mujer y no hacen absolutamente nada.

El jefe de obra, avergonzado, asintió.

Una vez en casa de Rory, Macy le aseguró por enésima vez que se encontraba bien, pero él insistió en llevarla al hospital por si había sufrido alguna lesión interna o se había roto alguna costilla.

—No pienso ir al hospital —contestó Macy.

—Entonces, voy a llamar a Ry para que venga a verte —sugirió Rory sacándose el teléfono móvil del bolsillo.

Macy se lo arrebató.

—No, no hace falta que llames a tu hermano.

—Madre mía, Macy, te podría haber matado —dijo Rory realmente preocupado.

Macy tragó saliva y se controló porque no quería que Rory viera que, efectivamente, había pasado mucho miedo.

—Claro que no —contestó—. Si no hubieras aparecido tú, me lo habría quitado de encima tranquilamente.

—¿Cómo dices eso? Si no hubiera aparecido yo, te habría roto el cuello.

—No me ha hecho nada —le aseguró Macy—. Estoy bien, te lo prometo —insistió poniéndose en pie y abriendo los brazos—. ¿Los ves? No me pasa absolutamente nada.

—¿Qué es eso? —preguntó Rory señalándole el brazo.

—Pintura —contestó Macy—. Cuando Joe me ha tirado al suelo, tenía un cubo de pintura en la mano.

—Creo que lo mejor que podríamos hacer para quitarte toda esa pintura de encima es meterte en un baño de espuma.

Su preocupación le llegó a Macy al corazón, pero no podía permitir que siguiera preocupándose por ella cuando no le había ocurrido nada.

–¿Es un truco para desnudarme? –le preguntó pasándole los brazos por el cuello.

–No, pero, ahora que lo dices, es una idea estupenda –contestó Rory llevándola hacia el baño.

Al llegar, llenó la bañera y comenzó a desnudarse.

–¿No iba a ser yo la que me desnudara? –preguntó Macy.

–Sí –sonrió Rory quitándose los vaqueros–, pero te voy a acompañar para frotarte la espalda.

Aquello hizo sonreír a Macy.

–¿Qué prefieres, flores o hierba? –le preguntó Rory sacando dos frascos de un armario.

–¿Siempre tienes tantas frascos de esencias para baño? –preguntó Macy inocentemente–. No, mejor no contestes. No lo quiero saber –añadió inmediatamente.

Rory echó un chorro en el agua y removió, se metió y alargó el brazo.

–Ten cuidado –le dijo mientras la ayudaba a entrar en la bañera–. No te resbales.

Macy puso los ojos en blanco.

–No soy idiota.

–Perdón –contestó Rory sentándose y sentándola a ella entre sus piernas–. ¿Estás cómoda?

«¿Cómoda?», pensó Macy.

¿Qué mujer en su sano juicio iba a estar cómoda entre las piernas de un hombre desnudo?

Sobre todo, si ese hombre era Rory.

—Estoy bien —mintió.

Satisfecho, Rory la agarró de los hombros y la echó hacia atrás para que reposara la cabeza en su pecho.

—Vamos a quedarnos un ratito a remojo.

—Me parece bien —contestó Macy encantada.

Cerró los ojos un rato y se dejó llevar. Debía de haber dormitado un minuto, no podía haber sido más tiempo...

—Macy, cariño, despierta. El agua se está enfriando.

Macy se estiró y se masajeó la zona lumbar.

—¿Qué te pasa? —preguntó Rory preocupado.

—Nada, sólo me duele un poco. Hacía mucho tiempo que no me peleaba con un hombre.

Rory sonrió.

—A ver qué puedo hacer —dijo Rory poniéndose en pie y saliendo de la bañera.

Tras secarse, secó a Macy.

—Espérame aquí un momento —le dijo saliendo del baño—. Te voy a buscar ropa limpia.

Cuando volvió, llevaba puestos unos pantalones de chándal y una camiseta y le ofreció a Macy lo mismo.

—Te va a quedar enorme, pero está limpio.

Macy se deslizó en los pantalones y se puso la camiseta. Al leer lo que ponía en ella, no pudo evitar reírse.

A los vaqueros les gusta hacerlo en el barro.

Miró a Rory y enarcó una ceja.

–En el barro y en cualquier sitio –le aclaró él tomándola de la cintura y llevándola hasta su habitación.

Al llegar, Macy se quedó con la boca abierta al ver la cama de dos por dos que había en el centro.

Sobre ella había una colcha de leopardo y montones de cojines y Macy no pudo evitar preguntarse con cuántas mujeres habría compartido Rory aquella cama.

–¿Te importaría llevarme a casa? –le preguntó intentando controlar su zozobra–. Prefiero dormir en mi cama.

–Por supuesto, cariño, no hay problema –contestó Rory.

Macy se dio cuenta de que Rory debía de creer que quería dormir en su cama por el episodio con Joe, pero aquello había quedado atrás.

Macy quería dormir en su cama porque no quería que el fantasma de otras mujeres la persiguiera.

Macy llegó a la fiesta en la tienda de Rory y, antes de entrar, se colocó los tirantes del vestido.

No solía ponerse vestidos casi nunca, pero Rory había insistido en invitarla a la fiesta y Macy había decidido arreglarse su poco.

Al abrir la puerta, comprobó que toda la ciudad estaba allí, riendo, charlando y comiendo.

Al sentir varios pares de ojos mirándola, se sonrojó y decidió largarse de allí cuanto antes. Estaba a punto de hacerlo cuando una mujer se acercó a ella.

—Me alegro de que hayas venido –le dijo agarrándola de la mano–. No creo que te acuerdes de mí. Soy Elizabeth Tanner, la cuñada de Rory.

—Sí, eres la mujer de Woodrow –contestó Macy.

Elizabeth sonrió y la condujo hacia la fiesta.

—Le he prometido a Rory que estaría contigo. Temía que, cuando llegaras y vieras tanta gente, te fueras.

Macy no contestó.

—Nos ha sorprendido mucho que Rory te invitara.

Macy la miró sorprendida.

—Quiero decir –rió Elizabeth–, nos ha sorprendido que invitara a una mujer, no a ti en particular. Rory no suele salir con nadie, prefiere ir por libre. Ya me entiendes.

—Sí, ya te entiendo.

—Menos mal que has venido –exclamó otra mujer acercándose a ellas.

Si no recordaba mal, aquélla era Maggie, la mujer de Ace.

—Rory quería ir a buscarte y me ha costado

un buen rato convencerlo de que, siendo el anfitrión, no se podía ir de la fiesta.

Macy no supo qué decir.

–Venga, vamos a buscarlo –le dijo Maggie agarrándola de la otra mano.

Macy no tuvo más remedio que seguir a las cuñadas de Rory, que se giró hacia ella con una gran sonrisa y se despidió del grupo con el que estaba hablando.

–Veo que la habéis encontrado –les dijo a Elizabeth y a Maggie.

–Sí –contestó Maggie mirando hacia la mesa donde estaba la comida y la bebida–. Nos estamos quedando sin champán –añadió–. Elizabeth, acompáñame a por más.

Una vez a solas con Rory, Macy fue víctima de un repentino ataque de timidez.

–Preciosa fiesta.

–Ahora que tú has venido, sí –contestó Rory agarrándola de la mano y mirándola de arriba abajo encantado–. Ese vestido te queda fenomenal, pero personalmente te prefiero desnuda.

Macy se sonrojó de pies a cabeza.

–¿Te has vuelto loco? –dijo mirando a su alrededor–. Te van a oír.

–¿Qué pasa? ¿Te avergüenzas de que te vean conmigo? –sonrió Rory.

A medida que la velada fue avanzando, Macy se fue encontrando cada vez más a gusto, lo que no la sorprendió pues la familia de Rory puso todo su empeño en que se lo pasara bien.

Siempre que Rory tenía que ausentarse para hacerse cargo de algo, alguno de ellos venía a hablar con ella y a rellenarle la copa de champán.

Fueron tan atentos que para cuando la fiesta terminó, Macy se encontraba un poco mareada. Rory se dio cuenta e insistió en llevar la casa.

—¿Te das cuenta de la suerte que tienes? —le preguntó Macy apoyando la cabeza en su hombro mientras esperaba a que Rory abriera la puerta de su caravana.

—¿Por qué lo dices? —preguntó Rory ayudándola a entrar.

—Porque tienes una gran familia —contestó Macy dejando el bolso sobre el sofá y sentándose.

Rory se desabrochó la corbata y se sentó a su lado.

—Tiene sus ventajas.

—Son buena gente —sonrió Macy—. Incluso Woodrow, a pesar de lo grande que es.

—No siempre son así, pero hoy se han portado bien porque estábamos de fiesta.

Macy puso los pies sobre la mesa y, al hacerlo, su bolso cayó al suelo.

—Ya lo recojo yo —se ofreció Rory—. ¿Qué es esto? —preguntó.

Macy lo miró y dejó de sonreír al ver que tenía entre sus manos la caja que le había entregado Sheila.

—Son fotos de Sheila y de mi madre —contestó.

—¿Te importa que les eche un vistazo?

Macy suspiró y asintió.

—¡Vaya! —exclamó Rory sacando una fotografía—. ¿Ésta era tu madre?

—Sí.

—Qué guapa.

—Era la única cualidad que tenía.

Rory se preguntó qué habría pasado entre madre e hija para que Macy hablara así de Darla Jean.

—Háblame de ella.

—Era guapa, egoísta y caprichosa —contestó Macy—. No hay mucho más que decir.

—Dicen que los opuestos se atraen.

Macy lo miró sin entender.

—Si en lugar de «guapa» hubieras dicho «guapo», habrías descrito a mi padre.

—¿Te pareces a él? —preguntó Macy con curiosidad.

—¿Eso quiere decir que me encuentras guapo?

—Desde luego...

Rory se rió.

—Sí, me parezco a él —contestó pasándole el brazo por los hombros—. Todos nos parecemos a él. Tenemos el pelo negro y los ojos azules.

—Físicamente, os parecéis mucho, pero supongo que no seréis iguales en todo.

–No, Woodrow es el más fuerte y Ry el más listo. Ace es un santo aunque te aseguro que puede ser realmente cargante cuando quiere. Claro que supongo que será así porque tuvo que hacerse cargo de todos nosotros cuando murió mi madre. Ya sabes, «cómete las verduras», «lávate bien los oídos» –sonrió al recordar.

–¿Y tu padre? ¿Por qué no se ocupaba él de eso?

–¿Buck? No, él prefería irse por ahí a ligar.

Macy frunció el ceño y rebuscó entre las fotografías.

–A lo mejor está en alguna.

–Si son de una fiesta, seguro –dijo Rory mirándolas–. Es éste de aquí.

–A ver –dijo Macy observando la fotografía detenidamente.

En ella, su madre estaba sentada en el regazo de Buck.

Rory se preguntó por qué la miraba durante tanto tiempo y supuso que estaba pensando que ojalá su madre hubiera sido una buena mujer y se hubiera casado con su padre para que ella hubiera podido crecer en una familia equilibrada y feliz.

Sin embargo, intentar cambiar el pasado era absurdo y Rory lo sabía bien.

–¿En qué piensas? –le preguntó apartándole un mechón de la cara.

–En nada –suspiró Macy.

–Macy, tú eres quien eres –le dijo Rory–. Da igual cómo fuera tu madre o quién sea tu padre. Eso no va a cambiar quién eres tú.

–¿Y quién soy yo?

–Tú eres Macy Keller, una paisajista maravillosa, una mujer independiente, una mujer cabezota como una mula, una mujer sincera, justa e inteligente, creativa y generosa –le dijo acariciándole la nuca–. Y una fiera en la cama –sonrió.

–Menudo mentiroso estás tú hecho –sonrió Macy.

–Todo lo que te he dicho es verdad.

–¿También lo de que soy una fiera en la cama?

–Sobre todo eso –contestó Rory chasqueando la lengua, tomándola en brazos y sentándola en su regazo.

–¿Te vas a quedar a dormir? –le preguntó Macy acariciándole el pecho.

–Sí, si tú quieres.

–Yo lo que quiero es que te desnudes ahora mismo.

Aquello hizo reír a Rory, que se puso en pie y comenzó a desnudarse sin demora.

–Me encantan las mujeres que dicen lo que quieren abiertamente.

–Entonces, supongo que te gustará saber que me encanta tu trasero.

–¿Cuántas copas de champán te has tomado?

–No lo sé. Siempre que se me acababa, aparecía uno de tus hermanos y me la volvía a llenar.

Rory la tomó en brazos y la condujo a la cama.

—Recuérdame que mañana les dé las gracias.

—No, si se las das, te van a preguntar por qué —rió Macy.

—No les va a hacer falta —dijo Rory besándola—. En cuanto me vean la cara, van a saber por qué.

A la mañana siguiente, mientras desayunaban, Rory y Macy siguieron viendo las fotografías.

—Parece que estaban todo el día de fiesta —comentó Rory dejando una fotografía sobre la mesa y mirando otra.

—Sí, y parece que siempre con la misma gente —contestó Macy.

—Supongo que es posible que uno de estos hombres sea tu padre.

—Supongo —suspiró Macy—. No sé cómo lo voy a averiguar... casi nadie quiere hablar conmigo sobre mi madre.

—Seguro que la encuentras —la animó Rory.

—Sí, pero espero que sea pronto, porque no me puedo quedar aquí para siempre.

—¿Por qué no? —exclamó Rory nervioso ante la idea de que Macy se marchara.

–Me tengo que poner a trabajar porque ahora estoy viviendo de lo que tengo de haber vendido mi negocio, pero tengo que buscar un lugar en el que establecerme.

–¿Y por qué no aquí?

–Porque cuando me fui de Dallas lo hice con la idea de vivir en algún sitio que no me recordara a mi madre.

–Bueno, prénsatelo, no tienes por qué decidirlo ahora mismo.

Una vez inaugurada la tienda, Rory contrató a una persona para que se hiciera cargo de ella y él se concentró por completo en su casa.

Tenía muchas ganas de verla terminada para poder instalarse.

Mientras la recorría, se acercó a una ventana y buscó a Macy. Sonrió al verla tumbada en una hamaca que había colocado entre dos árboles.

–Te he pillado vagueando –le dijo yendo hacia ella.

Macy lo miró y sonrió.

–De eso nada. Estaba haciendo un boceto de tu jardín.

–A ver –dijo Rory sentándose a su lado.

–No. Nunca dejo que mis clientes vean el proyecto antes de que esté terminado –contestó Macy apartando el cuaderno.

—Pero yo no soy un cliente normal.

—¿Ah, no?

—No, yo soy tu chico —contestó Rory acariciándole el cuello.

—Lo siento mucho, Romeo, pero que seas bueno en la cama no significa que te vaya a dar trato de favor.

—Entonces, olvídate de que duerma contigo esta noche.

Macy se encogió de hombros.

—Así tendré toda la cama para mí.

Viendo que las amenazas no habían surtido efecto, Rory puso cara de cordero degollado.

—Venga, Macy, déjame ver sólo un poquito.

—Desde luego, eres como un niño pequeño —sonrió Macy entregándole el cuaderno.

—¿Qué es esto? —preguntó Rory señalando algo en el proyecto.

—Una fuente —contestó Macy—. Pensé que te gustaría oír el ruido del agua desde de tu dormitorio.

—Me parece una idea genial. ¿Y esto?

Macy miró lo que estaba señalando. Había olvidado el dibujo que había hecho dejándose llevar por su imaginación calenturienta.

—Nada —contestó desviando la mirada—. Sólo una idea que se me había ocurrido.

—¿De qué se trata?

Macy enrojeció de vergüenza.

Jamás se dejaba llevar por el romanticismo y no se podía creer lo que le estaba sucediendo.

–No es nada, de verdad. Además, no creo que te gustara la idea.

–¿Cómo lo sabes si no me la cuentas?

Macy le arrebató el cuaderno y borró lo último que había añadido.

–Es una tontería, para que lo sepas. Estaba diseñando el jardín y se me ocurrió que, a lo mejor, te apetecía instalar una bañera de hidromasaje y una ducha fuera –le explicó–. Ya te he dicho que era una tontería.

–A mí, no me lo parece –contestó Rory mirando el dibujo–. En realidad, me encanta. Así, me sentiré como Tarzán. Recuerdo que, siempre que se bañaba con Jane bajo la cascada, terminaban haciendo el amor. Claro que eso no se veía... Me encanta la idea de hacer de Tarzán bajo una cascada con una Jane desnuda. Creo que me estoy excitando –bromeó.

–Y, seguro que a todas tus Janes también les encanta la idea –dijo Macy poniéndose en pie y alejándose.

–¡Eh! ¿Adónde vas?

–A trabajar –contestó Macy yéndose al otro lado de la casa.

Una vez allí, la emprendió a golpes con la azada, recriminándose lo idiota que había sido por hacer semejante dibujo y, para colmo, imaginarse con Rory en la bañera.

103

Oír de sus propios labios que le encantaría estar bajo la cascada con una Jane desnuda le recordó que Rory era un ligón y que ella no era la única mujer en su vida.

Lo sabía desde el principio, pero le dolía imaginárselo con otra.

—Pasa —se dijo a sí misma en voz alta.

Era una mujer adulta y madura que sabía que con los hombres lo mejor era aprovechar el momento y no mirar atrás nunca.

Sin embargo, le parecía que en aquella ocasión, cuando lo suyo con Rory se hubiera terminado, le iba a costar más que otras veces sobreponerse.

Tras cortar unas cuantas ramas, las recogió y se dirigió al montón que había comenzado a formar un rato antes.

—¿Te has enfadado por algo que he dicho? —le preguntó Rory.

Macy tragó saliva y negó con la cabeza.

—Tenía que volver al trabajo. No tengo tiempo de charlar contigo —le explicó dejando las ramas en el suelo y yendo hacia su coche—. Me voy al pueblo a comer. ¿Quieres que te traiga algo?

—Tengo una idea mejor.

—¿Qué?

—Vamos a casa de Ry, agarramos todo lo que tenga en el frigorífico y hacemos un picnic.

—¡No puedes entrar así en las casas de los demás y robarles la comida!

104

–¿Por qué no? Es mi hermano y no le importará.

Antes de que a Macy se le ocurriera otra excusa para no comer con él, Rory estaba sentado en el asiento del copiloto y le estaba indicando cómo llegar a casa de Ry.

Capítulo Siete

Macy andaba detrás de Rory, recriminándose el haberse dejado convencer por él.

–Si me hubieras dicho que íbamos a hacer el picnic tan lejos, no sé si habría venido –protestó.

–Ya casi hemos llegado.

–¿De verdad? Llevamos horas andando.

Rory se paró y la esperó.

–Pero si no llevamos más de un cuarto de hora.

–Pues yo estoy agotada –dijo Macy apoyándose en su hombro.

Rory chasqueó la lengua y siguió andando. Macy lo siguió, pero al poco rato se fue quedando atrás y lo perdió de vista.

Al llegar a un claro, lo vio extendiendo la manta bajo la sombra de un enorme roble.

–¿Esta tierra sigue siendo tuya? –preguntó Macy mirando a su alrededor.

–No es mía exactamente, pero es tierra de los Tanner.

Aunque jamás lo admitiría, Macy pensó que el lugar que Rory había elegido para el picnic era realmente idílico.

Parecía sacado de un cuento de hadas pues había árboles centenarios y flores silvestres de todos los colores.

Al oír el rumor del agua, miró entre los árboles y vio un arroyo cristalino. Había pozas entre las rocas.

—Es bonito, ¿verdad?

Macy dio un respingo ya que no se había dado cuenta de que Rory la había seguido.

—Sí.

—¿Quieres que nos bañemos?

—¿Aquí?

Rory sonrió y se quitó la camiseta.

—¿Por qué no?

—No me he traído el bañador.

Rory se quitó los vaqueros.

—No lo vas a necesitar. Estamos tú y yo solos.

Macy tragó saliva.

—No se me da muy bien nadar —se excusó.

Acto seguido, sintió sus manos en los hombros y su cálido aliento en el cuello. Un segundo después, sus labios.

—¿Y quién ha dicho que vayamos a nadar? —susurró Rory.

Macy sintió que las piernas le fallaban.

—Rory.

Rory le bajó los tirantes de la camiseta y le besó los hombros.

—Dime.

—Yo...

—Estabas pensando en esto, ¿verdad? Me refiero al dibujo. Estabas pensando en nosotros haciendo el amor bajo la cascada —dijo Rory abrazándola de la cintura.

Macy lo miró sorprendida.

—¿Cómo lo sabes?

Rory sonrió y le apartó un mechón de pelo de la cara.

—Soy lento, pero no tonto —contestó—. Quítate los zapatos si no te los quieres mojar —añadió dirigiéndose al agua.

Macy así lo hizo y lo siguió por las rocas.

—¿Preparada?

Macy tomó aire y asintió y los dos se tiraron al agua y salieron a la superficie riéndose.

—Esto es una locura —gritó Macy sentándose en la orilla.

Rory nadó hacia allí y Macy se dio cuenta de que el corazón le latía aceleradamente.

«Me estoy enamorando de este hombre».

Al darse cuenta, sintió pánico, pero no pudo negarse la verdad a sí misma.

Al llegar a su lado, Rory la besó y Macy pensó que le gustaría que el tiempo se parara para recordar siempre lo que estaba sintiendo en aquellos momentos, la felicidad más pura que había sentido en su vida, la alegría de sentir el amor por primera vez.

Sin embargo, el deseo de sentirlo dentro de su cuerpo superaba cualquier cosa, así que se tumbó junto a él y exploró su cuerpo mientras Rory hacía lo mismo con el suyo.

Sus caricias expertas arrancaron gritos de placer de los labios de Macy y le hicieron querer cada vez más.

Se moría por sentirlo dentro, pero primero quería darle placer, así que tomó su erección con una mano y la acarició varias veces muy lentamente de arriba abajo.

Cuando ya no pudo más, dejó de besarlo y fue deslizándose por su cuerpo hasta meterse la erección en la boca.

Rory deslizó los dedos entre su pelo y gimió de placer.

Macy se sintió la mujer más poderosa del mundo.

Cuando lo miró a los ojos, Rory la agarró de los brazos y tiró de ella para que se sentara a horcajadas sobre él.

Cuando la tuvo en aquella postura, deslizó una mano entre sus piernas y guió su sexo hasta la abertura de su cuerpo.

Macy sintió un calor abrasador que se apoderaba de ella y la dejaba sin aliento.

–Cabálgame –le dijo Rory–. Cabálgame todo lo rápido que quieras.

Aquella invitación la excitó sobremanera.

Con un abandono que jamás había conocido con otro hombre, Macy se movió sobre Rory cada vez más deprisa y más profundamente, buscando una satisfacción cuyo anhelo los estaba volviendo locos a los dos.

Al cabo de un rato, comenzó a sentir un cosquilleo en los pies que fue subiendo por todo su cuerpo, cada vez más intensamente y que le hizo alcanzar el orgasmo.

Pero siguió moviéndose para darle a Rory el mismo placer, el placer que se merecía. Cuando sintió que se estremecía de pies a cabeza y sintió cómo su esencia caliente se desparramaba por el interior de su cuerpo, dejó caer la cabeza sobre su hombro y se dejó ir por segunda vez.

Rory la abrazó con fuerza mientras sus cuerpos se calmaban.

—¿Estás bien?

Macy se sentía débil, saciada y delirantemente feliz, pero no encontraba palabras.

—Si el agua te pone así, olvídate de la fuente. Te voy a construir una cascada en el jardín —bromeó al cabo de un rato.

—Me parece una idea excelente —rió Rory.

—¿Pero no me has dicho que es una comida familiar? —protestó Macy mientras Rory conducía el domingo hacia casa de Ry—. Yo no soy un miembro de tu familia, así que no debería venir.

—¿No te cae bien mi familia?

Macy se cruzó de brazos y se quedó mirando por la ventana.

—No es eso.

—Entonces, ¿dónde está el problema? Me han dicho que te invitara y yo te invito.

–¡Pero es una comida familiar! –gritó Macy–. ¿Para qué me han invitado si no soy de la familia?

–¿Quizá para tirarte la comida a la cara? –bromeó Rory–. ¿No será porque les has caído bien?

–Seguro que hago el ridículo –dijo Macy sintiéndose fatal.

–Te aseguro que mi familia no es la Familia Real, somos personas normales y corrientes que nos reunimos el domingo para comer. ¿Tú nunca lo hacías con tu familia?

–Estás de broma, ¿no? Mi familia estaba compuesta por un padrastro que no me soportaba, por una madre que habría preferido que yo jamás hubiera nacido y por mí –contestó Macy–. Apenas hablábamos, así que ¿cómo nos íbamos a reunir para comer?

Comprendiendo por qué ir a comer con su familia era tan importante para Macy, Rory le estrechó la mano.

–Todo va a ir bien –le aseguró–. A mi familia le caes bien –sonrió–. Aunque, la verdad, no me explico por qué.

–¡Eh! ¿Por qué dices eso?

–Para animarte –contestó Rory aparcando junto al coche de Woodrow.

–Pues lo has conseguido –contestó Macy abriendo la puerta y subiendo las escaleras del porche.

–No hace falta que llames, nos están esperando –dijo Rory entrando–. ¿Huele a carne asada? –añadió avanzando por el pasillo con Macy agarrada de la mano.

–Este enano tiene un olfato estupendo –contestó Woodrow.

–¿Enano? –dijo Rory alzando los puños y bailando alrededor de su hermano–. Ten mucho cuidado si no quieres que te arranque la cabeza –bromeó.

–Ya sabéis que en esta casa están prohibidas las peleas –los regaño Maggie.

–De la que te has librado –le dijo Rory a Woodrow–. ¿Me dejas ver a mi sobrina preferida? –le dijo acto seguido a su cuñada, que tenía a Laura en brazos–. Ven aquí, preciosa, y dale un beso a tu tío Rory.

Macy observó anonadada la facilidad con la que Rory tomaba a la niña brazos.

–Te acuerdas de Laura, ¿verdad? –dijo haciéndole cosquillas a la niña y entregándosela a Macy–. Tenla un momento, ¿de acuerdo? Voy a ver a la cocinera.

Sorprendida al verse con un bebé en brazos, Macy se quedó mirando a Laura mientras Rory se acercaba a la esposa de Ry, la tomaba en brazos y le daba un beso alto y sonoro.

–Te aseguro, Kayla, que cada día estás más guapa –le dijo oliendo el guiso que estaba en el fuego–. Dios mío, esto huele de maravilla. Si no estuvieras casada con Ry, ahora mismo me ponía de rodillas y pedía tu mano.

–Eh, oye, que estás hablando con mi mujer –se indignó Ry.

–Sólo le estaba diciendo a la cocinera lo bien que cocina –se excusó Rory levantando las manos–. ¿Cuándo se come en esta casa? Estoy muerto de hambre.

En ese momento, Maggie tomó a su hija en brazos y agarró a Macy de la cintura.

–Al principio, son un poco arrolladores, pero te acostumbras.

Macy estaba sentada en la mesa entre Rory y Woodrow y no tenía ninguna esperanza de comer porque, con seis conversaciones diferentes a la vez, la cabeza le daba vueltas.

Los Tanner, por lo que los conocía, eran ruidosos, tercos y afectuosos.

Lo cierto era que Macy no sabía si salir corriendo de allí o ponerse de rodillas para que la dejaran irse a vivir con ellos.

Al sentir la mano de Rory en la rodilla, se giró hacia él.

–¿Hubieras preferido quedarte comiendo sola en la caravana? –le preguntó acercándose a ella.

–Todavía no lo he decidido –contestó Macy.

Rory chasqueó la lengua y le pasó el brazo por los hombros antes de concentrarse en la conversación que mantenían Ace y Ry sobre si los niños tendrían que poder divorciarse legalmente de sus padres.

Rory siguió la conversación con interés sin dejar de masajearle el cuello y Macy se encontró perdiéndose en las maravillosas sensaciones que aquellas caricias evocaban.

De repente, se dio cuenta de que todo el mundo la mirada expectante.

Miró a Rory nerviosa.

—Ace te ha preguntado si has averiguado quién es tu padre.

Macy se sonrojó y sonrió.

—Perdón, no sé en qué estaba pensando —se excusó—. No, todavía no ha habido suerte.

—¿Alguna pista?

—Dixie me dio el nombre de su mejor amiga, Sheila Tompkins —contestó Macy—. Fui a verla, pero sólo me dio una caja de fotografías. Parece que nadie sabía que mi madre estaba embarazada cuando se fue de aquí.

Ace frunció el ceño y miró a Ry.

—¿No te parece que, si la madre de Macy hubiera estado embarazada, tendría que haber algún tipo de registro en la consulta del médico de entonces?

—Probablemente sí.

—Aunque así fuera, os recuerdo que esa información es secreto profesional y sólo se puede divulgar con la autorización de la paciente —intervino Elizabeth.

—Y, dado que tu madre ha muerto, eso es del todo imposible —le dijo Ry.

—¿Me vais a decir que ninguno de los dos se-

114

riáis capaces de abrir un informe de hace treinta años? –dijo Ace.

Ni Elizabeth ni Ry abrieron la boca.

–Desde luego, vuestra decencia da asco –bromeó–. Vamos a tener que buscar a un abogado corrupto.

Woodrow enarcó una ceja.

–¿Los hay acaso de otra manera?

Macy estaba sentada a la mesa de la cocina con las fotografías de su madre ante sí.

La conversación que había tenido con la familia de Rory le había hecho volver a sacarlas y allí estaba, con un lápiz en la mano.

Había dividido una hoja de papel en dos columnas. En la de la izquierda, ponía los nombres de los hombres que aparecían en las fotos y a la derecha una «X» cuando había descartado la posibilidad de que fuera su padre.

–¿Sabes cuánto tiempo vamos a tardar en encontrar a todos esos hombres? –le preguntó Rory–. Debemos de llevar unos cincuenta nombres y todavía no hemos mirado todas las fotos.

–¿Se te ocurre algo mejor?

Exhausto, Rory dejó caer la cabeza sobre el brazo.

–No, pero hay que buscar otra solución.

–Cuando se te ocurra, me lo dices. Hasta entonces, pienso seguir con la lista.

–Por favor, ya basta por hoy –imploró Rory–. Llevo tanto tiempo mirando estas fotografías que las caras empiezan a parecerme todas la misma.

Al comprender que Rory tenía razón, Macy dejó el lápiz sobre la mesa y le ofreció la mano.

–Vámonos a la cama.

Rory aceptó su mano y se puso en pie.

–¿Cómo es que tú estás más cansado que yo si hemos dormido las mismas horas esta noche?

–Obviamente, has olvidado que yo ayer, después de comer, jugué un partido de fútbol con mis hermanos y me pasé media tarde a cuatro patas haciendo de caballito para Laura –contestó Rory.

–Pobrecito –sonrió Macy mientras Rory se desabrochaba los vaqueros.

A continuación, lo ayudó a desnudarse y se metieron en la cama.

–Buenas noches –le dijo Rory quedándose dormido casi al instante.

Macy se quedó mirándolo en la penumbra de la noche y se preguntó cómo había ocurrido aquello entre ellos en tan poco tiempo.

Aunque hacía pocas semanas que se conocían, tenían una complicidad que muchas parejas tardaban años en tener.

Macy sonrió y le apartó un mechón de pelo de la frente.

Era Rory el que hacía que todo fluyera de

manera natural. Con los demás, las cosas no habían sido precisamente un camino de rosas, pero con él todo era diferente.

Lo que, de por sí, era una preocupación.

Macy sabía que se estaba enamorando de él y sabía que era un error, pero no podía evitarlo.

Rory, sin embargo, no le había dicho nada. No sabía lo que sentía por ella. No habían hablado del futuro. Parecía que estaba encantado con la relación que tenían en aquellos momentos y plenamente dispuesto a seguir así.

Hasta hacía poco tiempo, a Macy le había parecido perfecto porque, después de haber visto las peleas de su madre con su padrastro, no tenía ninguna intención de casarse.

Eso había sido antes de conocer a Rory, de sentirse segura en sus brazos, de sentir la felicidad que sentía explorando su cuerpo.

Y antes de conocer a su familia, antes de saber lo que era formar parte de un grupo así de cariñoso y divertido.

Antes de haber tenido un bebé en los brazos, un ser inocente, y de haber visto en sus ojos confianza.

Ahora, Macy sabía que el amor existía y que tener una familia bien avenida era posible.

Ahora, quería tener un marido e hijos.

Acariciándole la mejilla, se preguntó si Rory querría lo mismo y si, de ser así, sería con ella.

Le había propuesto que se quedara en Tanner's Crossing y estableciera allí su negocio, pero eso no era una propuesta de matrimonio.

¿Cómo se iba a quedar a vivir allí sin saber si un día Rory se cansaría de ella? Entonces, ¿cómo soportaría el dolor de verlo con otras mujeres con lo que ella lo quería?

«Es absurdo pensar en todo esto», pensó.

Su relación con Rory no había hecho más que comenzar. Había que dar tiempo al tiempo para saber si lo que ella sentía por él era correspondido.

En ese momento, sonó el teléfono y Rory dio un respingo.

—Rory Tanner —contestó—. ¿Cómo? —gritó.

Sorprendida, Macy encendió la luz.

—No, no, has hecho bien en llamarme —dijo Rory levantándose—. Llama a un albañil para que vaya cuanto antes. Yo salgo ahora mismo para allá. Supongo que llegaré antes del amanecer —añadió consultando el reloj.

Acto seguido, colgó el teléfono y comenzar a recoger sus cosas.

—¿Qué pasa? —preguntó Macy.

—Se ha caído el tejado de la tienda de Houston y ha entrado la lluvia. Están con el agua por la rodilla —contestó Rory.

—¿Te puedo ayudar en algo?

Rory terminó de vestirse.

—No, pero gracias por el ofrecimiento —le dijo besándola—. Te llamaré en cuanto llegue —añadió yendo hacia la puerta—. Por cierto, no quiero que te acerques a mi casa mientras yo esté fuera.

—Pero...

—No discutas. Cuando vuelva, hablaré con los hombres para que entiendan que eres la jefa. Hasta entonces, no quiero que te acerques por allí. ¿Entendido?

Aunque Macy no consentía que nadie le dijera lo que tenía que hacer, supuso que no era el mejor momento para discutir, pues Rory ya tenía bastantes preocupaciones.

—Entendido —contestó—. Ten cuidado.

—Por supuesto —dijo Rory besándola de nuevo y yéndose a continuación.

Capítulo Ocho

Como no podía trabajar en la casa de Rory, Macy tenía mucho tiempo libre.

Limpió la caravana en un nanosegundo y, como no tenía televisión, pronto quedó sumida en un gran aburrimiento.

Entonces, se le ocurrió ir a ver las plantas de la tienda.

El aparcamiento estaba lleno, buena señal, así que Macy aparcó en la parte trasera. Una vez allí, desenrolló la manguera y comenzó a regar.

Al llegar a la parte delantera, vio a un hombre detrás de uno de los laureles que había plantado entre la tienda de Rory y la siguiente.

Se trataba de un individuo alto que vestía unos vaqueros desgastados y una gorra que le tapaba la cara.

Llevaba un cuchillo en la mano.

Macy pensó que iba a grabar sus iniciales en el tronco y, sin pensar en su propia seguridad, tiró la manguera y corrió hacia él.

–¿Qué hace?

El hombre se giró hacia ella, cerró la navaja y se la guardó en el bolsillo.

—Este tronco tiene plaga —contestó.

Macy se acercó y lo examinó. Efectivamente, el tronco estaba plagado de túneles, lo que indicaba que había plaga.

—Maldición —murmuró—. Mira que no haberme dado cuenta antes de plantarlo...

—Yo creo que la plaga acaba de empezar.

—Sí, pero yo me precio de plantar ejemplares sanos y de detectar los que no lo están —contestó Macy—. Usted tiene buen ojo. Mejor que el mío, que ya es decir.

—También tengo más años —contestó el desconocido.

Macy sonrió.

—Ha comprado usted las plantas en el vivero Plant Store, ¿verdad?

Macy lo miró sorprendida.

—¿Cómo lo sabe?

—Porque a Arnold le importa muy poco cómo estén las plantas que le venden. A él sólo le interesa comprarlas baratas.

—Arnold —repitió Macy dándose cuenta de que era el jardinero que había dejado a Rory plantado—. Si hubiera sabido que era el dueño del vivero, le puedo asegurar que jamás le hubiera comprado nada.

—Un poco difícil, porque es el único que vende plantas por aquí.

–Parece que usted entiende mucho de plantas –comentó Macy con curiosidad.

El hombre se encogió de hombros.

–Un poco. Tengo un par de invernaderos.

–Yo tenía uno en Dallas –le contó–, pero lo vendí hace unos meses. La verdad es que me apetecía abrir otro y he estado pensando en hacerlo aquí.

–Le aseguro que nos vendría muy bien que alguien pusiera un buen vivero en Tanner's Crossing.

Macy lo miró para decirle algo, pero las palabras se ahogaron en su garganta al ver que aquel hombre le estaba mirando el escote.

Indignada, se llevó la mano al pecho.

El desconocido se sonrojó de pies a cabeza.

–Estaba mirando su collar.

Macy se preguntó si le decía la verdad y se dio cuenta de que su vergüenza era real, así que le mostró el collar.

–Era de mi madre.

El desconocido asintió y desvió la mirada.

–Sí, parece antiguo –comentó volviéndose de nuevo hacia el árbol–. No lo deje pasar. Estas plagas se extienden con rapidez.

–Odio los productos químicos, pero odio todavía más perder árboles –contestó Macy frunciendo el ceño.

–Yo hago una mezcla biológica que va muy bien. Si quiere, le traigo un poco y la prueba.

Macy decidió que, tal vez, acababa de encontrar la manera de ocupar su tiempo.

–¿Vive usted por aquí?

–Cerca.

–¿Por qué no lo acompaño a casa y me la da? Así, veo sus invernaderos. Si le parece bien, claro.

El desconocido tragó saliva, asintió y se alejó hacia una vieja furgoneta aparcada al otro lado de la calle.

–Sígame.

Macy se montó en su jeep y siguió a la furgoneta azul.

Aunque mucha gente la hubiera tomado por una loca por salir del pueblo con un desconocido, a ella no le daba miedo.

Más bien, estaba encantada de tener algo que hacer, sobre todo si tenía que ver con las plantas.

Al ver que la furgoneta frenaba, hizo lo mismo y tomó un camino estrecho. Al fondo, se veía una pequeña casa blanca rodeada de flores y viñedos que brillaba bajo la luz del sol.

Entusiasmada, Macy bajó del coche y se acercó al jardín.

–Esto es maravilloso –comentó apoyándose en la valla–. Romero, tomillo, lavanda, y hierba luisa... se ve que se le dan bien las plantas.

El desconocido asintió.

—Los invernaderos están aquí atrás.

Macy lo siguió entusiasmada porque, después de haber visto el precioso jardín que rodeaba su casa, le apetecía un montón ver qué tipo de maravillas tendría aquel hombre en los invernaderos.

Detrás de la casa, había dos edificios con grandes ventanas. Entró en el primero y miró a su alrededor. Había estanterías colgantes llenas de diferentes flores de colores.

Había mesas de madera colocadas de manera que hubiera pasillos entre ellas para andar. Macy tomó el primero, sorprendida por la gran cantidad de plantas que había aquí.

Verduras, hierbas aromáticas, viñas crecían en cualquier tipo de contenedor imaginable, desde cartones de huevos pasando por briks se leche y llegando a la bandeja de plástico normal.

—Esto es increíble —exclamó Macy llevándose las manos a las mejillas—. Es impresionante. ¿Cómo hace usted para ocuparse de todas estas plantas?

El desconocido se encogió de hombros.

—Simplemente, lo hago. He instalado un riego que me facilita las cosas —le explicó señalando un tubo de plástico que recorría las mesas.

Fascinada, Macy siguió el tubo y vio que, efectivamente, sus ramificaciones llegaban a todas las plantas.

–¿Lo ha hecho usted?

El desconocido asintió.

Macy tocó la tierra de una maceta para ver la humedad y asintió.

–¿Y para abonar qué utiliza?

El desconocido la llevó hacia la puerta, donde había varios botes que, a través de un sencillo sistema de tubos conectaban con el agua que iba a las plantas.

–Fabrico abono casero a partir del compost que genero yo mismo –le explicó–. Eso da a las plantas todos los nutrientes que necesitan.

Fascinada por su creatividad, Macy se giró hacia él y se dio cuenta de que ni siquiera se habían presentado.

Aquello la hizo reír.

–Ni siquiera le he dicho cómo me llamo –dijo alargando la mano–. Macy Keller.

El desconocido dudó, se sacó la mano del bolsillo, se la limpió en los vaqueros y, por fin, estrechó la suya.

–John. John Sullivan.

Aquella noche, Macy estaba tumbada en una tumbona frente a su caravana, con los ojos cerrados y escuchando a los pájaros.

Le encantaba aquella soledad porque sabía que terminaría en cuanto Rory volviera de Houston.

La había llamado aquella tarde para con-

125

tarle los destrozos que el agua había provocado y le había dicho que la volvería a llamar para decirle cuándo volvía, así que Macy tenía el teléfono en el regazo.

Se moría por hablar con él para contarle que había conocido a John Sullivan y que, al ver sus invernaderos, la idea de establecerse en Tanner's Crossing había comenzado a tomar forma en su cabeza.

Incluso se estaba planteando la posibilidad de ofrecerle a John que trabajara para ella. Aquel hombre sabía un montón y podía enseñarle unas cuantas cosas.

En ese momento, sonó el teléfono.

—¿Sí?

—Hola, Macy. Soy Rory.

—Por tu voz, diría que estás cansado —le dijo Macy encantada de oírla sin embargo.

—Sí, esto es un caos. No paramos de achicar agua, pero todavía no he conseguido encontrar un albañil que me venga a reparar el tejado, así que no sé cuándo voy a volver.

—Vaya...

—Te llamo mañana.

—Muy bien —dijo Macy intentando ocultar su decepción—. No te mojes mucho.

—Descuida.

—¿Rory?

—¿Sí?

Macy estuvo a punto de decirle «te quiero», pero se controló a tiempo.

–Cuídate.

–Tú, también –se despidió Rory.

Al oír que llamaban a la puerta, Macy levantó la cabeza de la lista de nombres en la que estaba trabajando.

Nadie solía ir a verla, excepto la cotilla que vivía enfrente. Rezando para que no fuera ella, se puso en pie y abrió la puerta.

Se sorprendió al ver que era Elizabeth Tanner.

–Hola –la saludó.

–¿Llego en mal momento? –contestó Elizabeth–. Si quieres, vengo más tarde.

–Claro que no –dijo Macy abriendo la puerta por completo para que Elizabeth entrara–. La verdad es que, a lo mejor, no te dejo que te vayas porque estoy muy aburrida desde que se fue Rory.

–¿Rory se ha ido?

–Sí, está en Houston porque ha entrado agua en su tienda.

–No sabíamos nada. Se le voy a comentar a Woodrow por si necesita ayudar.

–Rory va a llamar dentro de un rato, así que ya se lo preguntaremos. Perdona, siéntate –dijo Macy al ver que las dos estaban de pie.

–Mira, Macy, he estado haciendo de detective hoy en el hospital –le dijo Elizabeth sentándose y yendo directamente al grano–. No quiero que te emociones porque no he descubierto el nombre de tu padre, pero lo que sí te puedo decir con toda seguridad es que, cuando tu madre se fue de Tanner's Crossing, estaba embarazada. Le hicieron una prueba y dio positivo. Por desgracia, el nombre del padre no estaba en la ficha.

–Gracias –dijo Macy decepcionada–. Sé que habrás tenido que saltarte un par de reglas para hacerme este favor.

Elizabeth le pasó el brazo por los hombros y la apretó contra sí.

–Te quiero ayudar porque supongo que será muy duro no llegar a ningún sitio por mucho que investigas.

Macy miró la lista de nombres y las fotografías.

–La verdad es que sí.

–¿Son las fotografías que te dio la amiga de tu madre?

–Sí, he hecho una lista con todos los nombres de los hombres que Rory reconoce y estaba mirando su teléfono en la guía.

–¿Los vas a llamar a todos? –preguntó Elizabeth sorprendida.

–Ésa era mi intención al principio, pero ahora me he dado cuenta de que, si empiezo a hacer preguntas, a remover el pasado, sus mujeres y sus hijos podrían sufrir y no es eso lo que yo quiero.

Elizabeth asintió.

–Te entiendo –dijo mirando una fotografía y riéndose–. ¿Has visto qué ropa?

–Sí, es la bomba. Lo más increíble es que ese estilo está volviendo –sonrió Macy.

–Te aseguro que yo jamás me pondría unos pantalones con tanta campana –dijo Elizabeth estremeciéndose y eligiendo otra fotografía–. Vaya, este hombre de aquí me recuerda a Whit.

Macy frunció el ceño.

–La verdad es que sólo lo he visto una vez y no me acuerdo muy bien de él.

–No me refiero a físicamente sino a cómo está apartado del grupo. Whit se comporta siempre así.

–Eso es más o menos lo que me dijo Rory.

–¿Qué es lo que te dijo Rory?

Macy levantó la mirada y vio a Rory en la puerta. Acto seguido, se acercó a él y Rory la tomó en brazos, se rió y la besó con pasión.

Elizabeth se puso en pie y carraspeó.

–Hola, cuñada. Ahora estoy contigo –la saludó Rory con la intención de seguir besando a Macy.

–Para –rió Macy–. Estás poniendo a Elizabeth en un compromiso. ¿Por qué no me has llamado para decirme que venías?

–Porque quería darte una sorpresa –contestó Rory.

–Pues te aseguro que lo has conseguido –dijo Macy encantada.

–Bueno, me voy –anunció Elizabeth–. No

hagáis nada que yo no haría, ¿eh? –añadió yéndose.

Macy se giró hacia Rory y lo abrazó con fuerza.

–Cuánto me alegro de que hayas vuelto. No te puedes imaginar cómo me he aburrido.

–Vaya, pues resulta que yo tengo el remedio perfecto para el aburrimiento.

–¿Ah, sí? ¿Y cuál es?

–Quítate esa ropa inmediatamente y te lo cuento.

Macy estaba sentada sobre la cama enfrente de Rory con una fuente de queso y galletas saladas en medio.

–Te aseguro que ese hombre es un genio –le dijo–. Ha instalado un sistema de riego que incorpora en el agua el fertilizante casero que él mismo produce. Hace compost con los residuos orgánicos y debe de ser algo realmente bueno porque tienes que ver cómo tiene las plantas de sanas y bonitas. Y el jardín es realmente maravilloso. Y lo ha hecho todo él solo.

Rory chasqueó la lengua y se metió un trozo de queso en la boca.

–Como sigas así, me vas a acabar contando que ese hombre camina sobre las aguas.

–No me sorprendería. Es muy tímido y no habla mucho, pero me cae bien.

–¿Cómo has dicho que se llama?

–John Sullivan. ¿Lo conoces?

Rory negó con la cabeza.

–Ese nombre no me dice nada.

–Me contó que no solía bajar al pueblo muy a menudo. Sólo viene cuando le es estrictamente necesario. Vive solo y es un poco raro. La primera vez que lo vi, estaba al lado de uno de los laureles de la tienda y tenía un cuchillo en la mano.

–¿Un cuchillo? –dijo Rory alarmado.

–Una navaja pequeña –le explicó Macy–. Creí que le iba a hacer algo al tronco, así que fui corriendo hacia él y...

Rory se puso en pie.

–¿Estás loca? Podría haberte hecho pedacitos.

–Claro que no –le dijo Macy recogiendo las migas de las sábanas–. Te repito que era una navaja muy pequeña, de bolsillo. El pobre sólo estaba mirando porque había descubierto una plaga en el árbol.

–¿Cómo sabes que eso es cierto?

–Porque yo misma he visto los túneles –le explicó Macy–. Lo que me pone de mal humor de todo esto es que Arnold me haya vendido plantas y árboles en mal estado. Por lo que me ha contado John, a ese tipo solamente le importa ganar dinero. Cuando le he comentado que se me había pasado por la cabeza abrir un vivero de Tanner's Crossing, me ha dicho que es una buena idea. Así que he pensado que podría contratar a John porque entiende un montón de plantas y...

Rory levantó una mano, incapaz de olvidar que, la primera vez que Macy había visto al tal John, el hombre tenía un cuchillo en la mano.

–Un momento. Ni se te ocurra ofrecerle trabajo a un hombre al que no conoces absolutamente nada. Podría ser un loco.

–Claro que no –lo defendió Macy–. De hecho, cuando creía que me estaba mirando los pechos...

–¿Cómo? –exclamó Rory.

–Tranquilo. En realidad, no me los estaba mirando. Yo creía que sí, pero estaba mirando el collar.

–Ya –dijo Rory.

–Que sí, y se avergonzó mucho de que yo creyera que me estaba mirando el escote.

–No quiero que vuelvas a ir a su casa.

–Lo siento mucho, pero yo hago lo que me da la gana.

Rory se dio cuenta de que no había sabido tratar bien del tema, así que se sentó al lado de Macy y la agarró de la mano.

–No ha sido mi intención decirte lo que tienes que hacer.

–Pues lo ha parecido –contestó ella mirando hacia la pared.

Rory la agarró del mentón y la obligó a mirarlo.

–Me preocupo por ti porque no sabes absolutamente nada de ese hombre.

–¿Y tú sí?

–No, pero antes de volver a Houston voy a ir hablar con Maw Parker. Si ella dice que ese hombre es trigo limpio, no hay ningún problema, no volveré a decir nada en su contra, te lo prometo. Te aseguro, Macy, que no tengo ninguna intención de controlarte –le dijo con dulzura–. Lo único que yo quiero es que no te ocurra nada. ¿Lo entiendes?

–Sí –murmuró Macy.

–Maw, te presento a Macy Keller –dijo Rory–. Macy, ésta es Maw Parker.

–Así que tú eres la chica que está intentando encontrar a su padre. Rory me ha hablado de ti.

–Sí, soy yo –sonrió Macy.

–¿Has tenido suerte?

–No, todavía no.

–Maw, tengo un poco de prisa, pero quería hablar contigo para ver si me puedes dar cierta información –intervino Rory.

–Has venido al lugar correcto.

–Verás, el otro día Macy conoció a un hombre que se llama John Sullivan. ¿Lo conoces?

–Sí, pero todos lo llamamos Spook.

–¿Y eso?

–Porque es un poco raro.

Rory miró a Macy como diciéndole «ya te lo dije».

–Cuando lo conoció, por lo visto, tenía una navaja y le dijo que estaba mirando un árbol que tenía una plaga.

–Probablemente, así fuera –contestó Maw encogiéndose de hombros–. Spook sabe más de plantas que nadie. Se pasa el día en los invernaderos y creo que incluso habla con sus flores.

–Yo también lo hago –dijo Macy.

–Macy quiere volver a su casa y a mí no me parece buena idea porque creo que el tipo podría ser peligroso.

–¿Peligroso? –rió Maw–. No, Spook es raro, pero te aseguro que no es peligroso en absoluto. De hecho, creo que llora cada vez que tiene que matar a un pulgón.

Macy le dio un codazo a Rory en las costillas.

–¿Lo ves? Ya te dije que era un buen hombre.

Capítulo Nueve

Macy estaba tan ansiosa por volver a casa de John que, en cuanto Rory se fue a Houston, se montó en su coche y recorrió el camino lleno de baches que llevaba a su propiedad.

Al ver que su furgoneta estaba aparcada al lado de la casa, pensó en llamar a la puerta, pero recordó que Maw había dicho que se pasaba casi todo el día en los invernaderos y fue hacia allí.

–¿John? –lo llamó al entrar.

Acto seguido, oyó un ruido metálico, como si algo se hubiera caído al suelo, y John apareció al final de uno de los pasillos.

Macy sonrió y lo saludó con la mano.

–No quería asustarlo. Iba a llamar a la casa, pero pensé que estaría aquí.

Rory recogió la regadera que se le había caído y la dejó sobre una mesa lentamente.

–Sí, suelo estar aquí.

–Espero que no le importe que me haya pasado a verlo. Lo cierto es que disfruté mucho de mi visita de ayer y me gustaría que me enseñara el otro invernadero.

—No hay mucho que ver, sólo plantas —contestó John mirando hacia el suelo.

—Puede que para otros sean sólo plantas, pero yo sé cuándo veo algo bien hecho.

John asintió.

—En el otro invernadero tengo las plantas tropicales —le explicó guiándola hacia allí—. La atmósfera está más húmeda y la temperatura es más alta.

Macy lo siguió y pasó una hora junto a él, escuchando fascinada las descripciones de las diferentes plantas.

Para cuando terminaron la visita, Macy no se quería ir.

—¿Le vendría bien que le echara una mano? —le preguntó—. Lo cierto es que echo mucho de menos trabajar con plantas y tengo mucho tiempo —añadió mirándolo esperanzada.

John dudó, pero terminó asintiendo.

—Si quiere, puede ocuparse de quitar las malas hierbas del jardín delantero, que era lo que yo iba a hacer a continuación.

Aunque quitar malas hierbas era aburrido, Macy estaba dispuesta a hacer lo que fuera con tal de no quedarse todo el día en la caravana.

—Gracias —le dijo emocionada.

Aquella noche, Macy estaba tumbada en la cama con el cuaderno en el regazo y la guía de teléfonos abierta al lado.

Tras buscar un par de teléfonos más, bostezó agotada, cerró el cuaderno y la guía y los dejó en el suelo junto a la cama.

Al ver que eran más de las diez y que Rory no la había llamado, descolgó el teléfono y marcó su número.

Le saltó el contestador automático.

–Hola, Rory, soy yo. Si oyes este mensaje esta noche, no me llames porque me voy a acostar –bostezó–. He estado todo el día trabajando en el jardín de John y estoy agotada. Mañana voy a volver a su casa y voy a llevar el móvil, así que llámame cuando quieras. Hasta luego.

Acto seguido, se arropó, apagó la luz y sonrió al recordar lo bien que lo había pasado aquel día rodeada de maravillosas y fragantes plantas y flores.

Habría sido todavía mejor si Rory hubiera estado allí.

Lo echaba de menos.

Quería contarle un montón de cosas, compartir con él sus ideas, quería establecerse en Tanner's Crossing y quedarse con él.

Ojalá él quisiera lo mismo.

Rory se terminó la hamburguesa, apagó el motor de la furgoneta y abrió la puerta.

Normalmente, nunca comía así de mal, pero las cosas no iban bien en la tienda y no había tenido tiempo de cocinar, así que había tenido que elegir entre comprarse una hamburguesa con patatas fritas y morirse de hambre.

Y, la verdad, morirse de hambre no le apetecía mucho.

Subió las escaleras que conducían a su apartamento, ansioso por llamar a Macy. Se sentía culpable por no haberlo hecho antes, pero no había tenido tiempo.

Lo cierto era que podría haberla llamado mientras conducía, pero quería oír su voz estando en la cama, con tranquilidad.

Mientras metía la llave en la cerradura, se dio cuenta de que lo que sentía por Macy era muy fuerte, algo que jamás había sentido por nadie.

Espero a sentir pánico, pero no lo sintió.

Seguía queriendo oír su voz.

—Hola, Rory.

Sorprendido, se volvió y se encontró con Andrea, una vecina con la que había tenido una aventura de la que se arrepentía.

Lo cierto era que no le hacía ninguna gracia volver a verla.

—Hola, Andrea. ¿Qué tal?

—No muy bien. Me he dejado las llaves dentro de casa —contestó la vecina acariciándole el brazo—. ¿Me dejas dormir contigo?

Rory tenía muy claro que él sólo quería una mujer en su cama y esa mujer era Macy.

—Llama a un cerrajero —le sugirió abriendo la puerta y alejándose de ella.

–No puedo, el móvil se ha quedado dentro.

Rory suspiró y la dejó entrar.

–Puedes llamar desde aquí, pero date prisa porque me quiero duchar.

Encantada, Andrea entró y cerró la puerta.

–Ahí tienes el teléfono –le dijo Rory quitándose las botas.

En lugar de acercarse a la mesa, Andrea fue hacia él y le pasó los brazos por el cuello.

–Sé dónde está el teléfono y también sé dónde está tu cama –susurró apretando sus pechos contra su torso.

–No, Andrea, ya te he dicho que lo nuestro se ha terminado –le dijo Rory quitándole los brazos–. ¿Quieres llamar o no?

Andrea se apartó malhumorada y se acercó el teléfono, lo descolgó y escuchó.

–No tiene línea.

Rory le entregó su móvil.

–Cierra la puerta cuando te vayas –le dijo encaminándose al baño.

Para asegurarse de que no entrara, cerró con cerrojo.

Diez minutos después, salió del baño con una toalla a la cintura y miró a su alrededor.

Un inmenso alivio se apoderó de él al comprobar que Andrea se había ido. Se dirigió a la cocina y se sirvió una cerveza, dispuesto a llamar a Macy.

De nuevo en el salón, buscó el móvil, que no aparecía por ningún sitio.

–Asquerosa –murmuró.

Obviamente, Andrea se había llevado el teléfono para que Rory fuera a su casa a buscarlo.

–Que se lo quede –rugió Rory decidido a no acercarse a aquella mujer.

Pensó en volverse a vestir y en salir a la calle para llamar a Macy desde una cabina, pero se dio cuenta de que no se sabía su teléfono de memoria porque lo tenía grabado en la agenda del móvil.

Así que suspiró y se tumbó en la cama.

Lo mejor que podía hacer era ponerse en contacto al día siguiente con uno de sus hermanos para que fuera a ver a Macy y le dijera que, por lo menos, iba a tardar otro día en volver.

Era horrible tener que comunicarse así con la mujer de la que se acababa de dar cuenta que estaba enamorado, pero no tenía más remedio.

Macy se tomó el café mientras miraba las fotografías que tenía sobre la mesa. No era que la fascinaran sobremanera, pero, al no tener televisión, radio, ni a Rory, eran la única forma de no morirse del aburrimiento.

Eligió una y recordó el comentario de Elizabeth sobre la moda de aquellos tiempos. Desde luego, ella tampoco se pondría jamás un pantalón con tanta campana.

Dejó aquella fotografía y tomó aquélla en la que salía el hombre que Elizabeth había dicho que le recordaba a Whit.

Sí, era cierto.

Aquel chico no parecía querer tomar parte en la fiesta pues todos los demás sonreían encantados a la cámara, pero él desviaba la mirada y tenía el ceño fruncido.

Al ver la hora que era, Macy dejó el café y las fotografías sobre la mesa y salió corriendo.

Le había dicho a John que iba a llegar pronto para ayudarlo a trasplantar unas rosas antiguas y no quería llegar tarde porque, conociéndolo, no iba a esperarla y Macy no se quería perder aquella actividad por nada del mundo.

Macy dejó la pala en el suelo y se secó el sudor de la frente.

Llevaba más de dos horas trabajando y necesitaba un descanso. Al girarse hacia John para pedirle permiso para entrar a por agua a su casa, tuvo un *déjà vu*.

John estaba de perfil a ella, frunciendo el ceño y mirando al horizonte, con la gorra bien calada y las manos en los bolsillos.

Macy se quedó pensativa, intentando dilucidar por qué aquella escena se le hacía familiar.

Palideció al recordar las fotografías que había estado hojeando aquella mañana.

El hombre que se parecía a Whit, apartado del grupo, diferente, extraño.

Con el corazón latiéndole aceleradamente, Macy miró a su alrededor, el jardín, los invernaderos.

El amor de aquel hombre por las plantas era igual que el de ella.

«No», se dijo presa del pánico.

John Sullivan no podía ser su padre.

Era imposible.

Su madre jamás se habría interesado por un hombre como él, que no tenía nada. Pero, entonces, recordó que John había mirado con interés su collar.

—¿John? —le dijo con lágrimas en los ojos.

John la miró y Macy se dio cuenta de que tenían los ojos exactamente iguales.

Tragó saliva.

—¿Conoces a una mujer que se llamaba Darla Jean Keller?

John no contestó.

—Puede ser —dijo al cabo un rato.

Macy sintió que el corazón le daba un vuelco.

—Era mi madre —le dijo con voz trémula.

—Lo suponía.

Macy esperó por si decía algo más, pero John no volvió a abrir la boca, así que Macy se acercó a él.

—¿Eres mi padre? —le preguntó.

—No.

142

–¡Mírame! –gritó Macy–. Mírame a los ojos y dime que no eres mi padre.

John dejó la pala clavada en el suelo y la miró a los ojos.

–No soy tu padre –dijo con frialdad.

Macy sabía que estaba mintiendo y aquello la enfureció, pero se dijo que debía controlarse para no llorar.

En lugar de hacerlo, agarró el collar con fuerza, se lo arrancó del cuello y se lo tiró a John a los pies antes de correr hacia su coche.

Al cabo de un rato conduciendo, tuvo que parar porque las lágrimas le impedían ver la carretera.

Cruzó los brazos sobre el volante, dejó caer la cabeza sobre ellos y estuvo llorando hasta quedarse sin lágrimas.

Entonces, pensó en Rory.

Lo necesitaba a su lado.

Necesitaba su consuelo.

Se sacó el teléfono móvil del bolsillo y marcó su número.

–¿Sí?

Sorprendida al oír una voz femenina, Macy se quedó sin palabras.

–¿Sí? –repitió la mujer.

–Lo siento, me he debido de equivocar –contestó Macy.

–¿Quieres hablar con Rory?

–Sí.

–Lo siento, en este momento está... indispuesto. ¿Quieres que le diga algo?

–No, gracias –contestó Macy.

Tras colgar el teléfono, buscó una explicación lógica.

¿Por qué había contestado una mujer el teléfono de Rory? Sería una empleada. Pero lo cierto era que tenía voz somnolienta.

Macy supuso que, al final, iba a tener que asimilar que, aunque Rory era el único hombre en su vida, ella no era la única mujer en la suya.

Vivir en una caravana hacía muy fácil irse de cualquier lugar rápidamente.

En menos de media hora, Macy recogió sus cosas y salió de Tanner's Crossing, dejando atrás el lugar que había sido su hogar durante el último mes.

No tenía nadie de quién despedirse, así que se fue exactamente igual que había llegado.

Sola.

Rory llegó al camping y se sorprendió al ver que la caravana de Macy no estaba en su sitio.

Comprendió que se había ido y se preguntó dónde. Pensó en llamar a su hermano Woodrow pues con él había hablado para encargarle que le dijera a Macy que llegaba aquel día.

Al ir a sacarse el teléfono móvil del bolsillo, recordó que lo tenía Andrea, así que cruzó la calle y llamó a la puerta de una caravana.

Una mujer lo recibió.

—¿Sí?

—Necesito hacer una llamada. ¿Me podría prestar el teléfono?

—Si está usted buscando a la mujer que tenía aparcada la caravana ahí, se ha ido.

—Sí, ya lo sé —contestó Rory intentando controlar su impaciencia—. Tengo que hablar con mi hermano para ver si él sabe dónde se ha ido.

—¿Su hermano es un hombre muy alto y muy fuerte?

—Sí.

—Ha estado aquí hace un par de horas y le he dicho lo mismo que a usted.

—Gracias —murmuró Rory pasándose los dedos por el pelo.

Una vez al volante de nuevo, se dirigió a la tienda de Maw Parker. No porque esperara que Maw supiera dónde estaba Macy sino porque sabía dónde vivía John Sullivan y Rory supuso que, si alguien sabía lo que le hubiera ocurrido a Macy, iba a ser él.

Rory aparcó detrás de una vieja furgoneta azul, apagó el motor y se bajó de un salto.

–¿Sullivan? –llamó recorriendo el jardín–. ¡Sullivan! –gritó impaciente.

Nadie contestó.

Al acercarse a un árbol, vio una pala caída y, sin pensarlo, la puso en pie. Al hacerlo, vio algo de metal que brillaba en el suelo.

Se agachó a recogerlo y comprobó que era el collar de Macy.

–Oh, no.

–¿Qué haces aquí? Esto es propiedad privada.

Rory se puso en pie con el collar en la mano.

–¿Dónde está Macy? –preguntó furioso.

–Se ha ido hace horas.

–Por si no lo sabe, se ha ido de la ciudad –dijo Rory–. ¿Qué le ha hecho?

–Nada. Se ha ido, pero yo no le he hecho nada.

Desde luego, si tenía miedo de Rory, lo disimulaba muy bien pues se quedó mirándolo a los ojos, clavado como una tabla.

Rory le soltó un puñetazo en la cara que hizo que Spook diera dos pasos atrás y cayera el suelo.

Entonces, Rory lo agarró de la garganta y le mostró el collar.

–Entonces, ¿cómo es que me he encontrado esto en el barro?

–Ella lo tiró ahí –contestó Spook.

–Jamás se lo quitaba –gritó Rory.

146

Spook intentó zafarse de la mano que le estaba apretando el cuello.

–De verdad... estaba furiosa... porque no le dije que soy su padre.

Rory se quedó de piedra.

–¿Es usted el padre de Macy?

Spook asintió y Rory le soltó.

–Usted es el padre de Macy –repitió Rory intentando asimilar la información.

–Sí –dijo Spook incorporándose.

Rory lo ayudó a ponerse en pie.

–Le ha hecho usted daño –le dijo–. Al no admitir que es su hija, le ha roto el corazón. ¡Maldición! Y ni siquiera se adónde ha ido.

–Yo no quería hacerle daño –le aseguró Spook.

–Macy estaba como loca con encontrar a su padre y, cuando lo ha conseguido, usted le ha dado la espalda, igual que hizo con su madre.

–Yo jamás le di la espalda a Darla Jean. Fue ella la que me abandonó, la que se fue y no volvió jamás.

–¿Sabía usted que estaba embarazada cuando se fue?

–Sí –admitió Spook–, pero no quería casarse conmigo y no quería que yo le dijera a nadie que íbamos a ser padres –añadió con tristeza.

Aquella tristeza hizo que Rory olvidara su enfado.

–Tengo que encontrarla –dijo yendo hacia su coche.

–Espere. Cuando la encuentre, dele el collar. Dígale de mi parte que quiero que lo tenga ella. Era de su madre. Lo sé porque se lo regalé yo.

A veces, Rory deseaba a no ser un Tanner, pero, en aquellos momentos, estaba encantado de serlo porque aquel apellido le abría puertas y le hacía la vida más fácil.

Tras explicarle la situación al sheriff, éste le prometió que iba a poner a todos sus hombres a buscar a Macy y le dio un teléfono móvil para poder avisarlo en cuanto la tuviera localizada.

La llamada no tardó en producirse.

Habían visto el jeep de Macy en la autopista 290 al sur de Austin.

Rory se dirigió allí a toda velocidad, escoltado por la policía. Llegó al atardecer y aparcó su furgoneta junto al coche de Macy.

−¡Macy! −gritó llamando a la puerta de la caravana.

Macy no contestó.

−¡Macy! −insistió−. Si no abres la puerta, la echo abajo a patadas.

Entonces, la puerta se abrió y Rory se quitó el sombrero.

−¿Qué quieres?

−A ti −contestó Rory entrando−. ¿Por qué demonios te has sido sin decirme adónde? −añadió una vez dentro.

Macy se cruzó de brazos.

–Porque no tengo ninguna obligación de decirte adónde voy. Ya soy mayorcita y decidido lo que hago yo sola.

–Muy bien, pero creo que tengo derecho a que me digas cuándo piensas irte de mi lado. Por favor, Macy, ¿tú sabes lo preocupado que he estado y lo que me ha costado encontrarte?

–Te llamé por teléfono.

–¿Ah, sí?

–Sí, pregúntaselo a tu amiguita.

–Andrea –gruñó Rory comprendiendo lo que había sucedido–. Macy, esa mujer es mi vecina y me quitó anoche el teléfono mientras yo estaba en la ducha.

–No quiero oír nada más. Vete.

–No me pienso ir –contestó Rory acercándose a ella–. He hablado con Spook.

Macy se encogió como si le hubiera dado un puñetazo en el estómago y tuvo que sentarse. Rory se acercó a ella y se arrodilló a su lado.

–Me ha dicho que es tu padre –le dijo acariciándole la mejilla–. Quiere que te quedes el collar porque él se lo regaló a tu madre.

Macy no pudo reprimir las lágrimas.

–Creo que deberías darle una oportunidad –le dijo Rory con ternura–. No fue decisión suya no reclamarte, sino de tu madre.

–Me ha mentido –sollozó Macy–. Me ha dicho que no era mi padre.

Rory la abrazó con fuerza.

–Sé que te habrá dolido mucho y esto no va

149

ser fácil para ninguno de vosotros, pero tienes que comprender que para él también ha sido una gran sorpresa verte, estoy seguro. Debía de tener sus heridas curadas y esto se las ha debido de remover.

–No sé qué hacer ni qué decir.

–Ahora mismo, no tienes que hacer ni que decir nada. Date tiempo. Los dos lo vais a necesitar. Cuando creas que estás preparada para hablar con él, yo te acompañaré.

–¿Tú?

Rory asintió.

–No vas a tener que enfrentarte a nada sola nunca más en tu vida. Yo voy a estar a tu lado porque te quiero, Macy. Te lo tendría que haber dicho antes.

Macy le acarició la mejilla.

–Oh, Rory, jamás pensé que me quisieras, creía que sólo era otra aventura más.

Rory suspiró.

–Lo cierto es que me ha costado mucho ganarme la fama que tengo, pero me parece que me va a costar todavía más quitármela.

Macy lo miró a los ojos.

–A partir de hoy, eres la única mujer en mi vida –le aseguró Rory apartándole un mechón de pelo de la cara–. ¿Quieres creerme?

–Sí, quiero –asintió Macy.

–Me gustaría volver a oír esas palabras de tu boca en breve –dijo Rory agarrándole las manos–. ¿Qué te parece en un par de semanas?

Macy lo miró con los ojos muy abiertos.

–¿Me estás pidiendo que me case contigo?

–Sí –rió Rory–. No te lo esperabas, ¿eh? –añadió poniéndose de rodillas–. Macy Keller, ¿me haces el honor de convertirte en mi esposa?

Macy se mordió el labio inferior mientras las lágrimas, esta vez de felicidad, le resbalaban por las mejillas.

–Oh, Rory, toda mi vida he querido ser una Tanner –le dijo arrodillándose a su lado–, pero que tú me des el apellido es lo mejor que me podía suceder.

Epílogo

Cuando llegaron a la puerta, Rory le apretó la mano a Macy.

–¿Estás segura de que no quieres que entre contigo? –le preguntó preocupado.

Macy negó con la cabeza.

–No, esto lo tengo que hacer yo sola.

Rory asintió.

–Estaré en el coche. No tengas prisa.

–Gracias.

Macy se quedó mirándolo, tomó aire y llamó a la puerta.

John abrió casi inmediatamente y se quedaron mirando a los ojos.

Sin mediar palabra, la invitó a entrar.

Macy sintió que las piernas le temblaban, pero entró en el salón y miró a su alrededor. Los muebles eran tan sencillos como el hombre que los había elegido, pero eran cómodos y cálidos, como el ambiente que se respiraba en aquella casa.

La casa de su padre.

Al pensar que era la primera vez que estaba allí, las lágrimas afloraron a sus ojos, se giró hacia John y levantó las manos en un gesto de inocencia.

–No sé qué decirte.

John dejó caer la cabeza sobre el pecho.

–No hay mucho que decir –dijo frunciendo el ceño.

Lo cierto era que habían transcurrido muchos años y que eran prácticamente unos desconocidos.

–Quiero que sepas que no fue que yo no te quisiera –le explicó lentamente–. Darla Jean... ella no me quería a mí.

–Sin embargo, se quedó embarazada de ti. Supongo que tendríais una relación.

Rory se giró hacia la ventana y se metió las manos en los bolsillos.

–Más o menos, pero yo sólo era un pobre granjero y ella no quería que la vieran con un hombre así, mucho menos casarse con él. A tu madre le gustaba la buena vida y sabía que yo jamás podría dársela. Yo la quería con todo mi corazón, pero ella jamás me quiso.

Al percibir la tristeza y la vergüenza en su voz, Macy olvidó todo el rencor que había crecido en su interior hacia su padre en aquellos años.

Comprendió que ella no había sido la única a la que su madre había hecho daño. John también había sufrido.

–Yo creo que sí te quería –dijo sacándose el collar del bolsillo.

John la miró.

–Cuando mi madre murió, tuve que hacerme cargo de sus cosas –le explicó Macy acercándose a él–. Lo cierto es que no me quedé con mucho porque teníamos gustos muy diferentes, pero esto me llamó la atención –le dijo mostrándole el collar.

John tragó saliva y Macy supo exactamente lo que tenía que decirle.

–Te quería –murmuró–. Jamás la vi con este collar puesto, pero lo guardó durante toda su vida. Eso quiere decir que te quería.

John la miró a los ojos y Macy lo agarró de la mano y le entregó el collar.

–Quédatelo como recuerdo de Darla Jean. Creo que a ella le gustaría.

John aceptó el collar y una gran lágrima resbaló por su mejilla y cayó sobre él.

–Rory me dijo que te hice daño al no querer admitir que era tu padre –le dijo–. Quiero que sepas que yo nunca he querido hacerte daño. Lo que pasa es que creía que te iba a dar vergüenza saber la verdad. Supuse que no querrías que la gente se enterara de que soy tu padre.

Macy negó con la cabeza.

–No estoy en absoluto avergonzada –le dijo con un nudo en la garganta–. De hecho, quiero contarle a todo el mundo que he encontrado a mi padre –añadió–. Si te parece bien, me gustaría abrazarte.

John palideció, tragó saliva y asintió lentamente.

Macy se acercó a él y lo abrazó. Al principio, él no se movió, pero terminó alzando los brazos y abrazándola también.

Macy se dio cuenta de que les quedaba mucho camino por recorrer, pero ambos estaban deseando hacerlo, así que todo iba a salir bien.

–¿Qué tal todo por ahí?

Al oír la voz de Rory, Macy se giró y vio que estaba en la puerta.

–Todo bien –le dijo.

Rory suspiró aliviado.

–¿Ya habéis decidido entonces cómo vais a enfrentaros a esta situación?

–No sé –contestó Macy mirando a su padre con esperanza–. Lo cierto es que a mí me gustaría que John fuera mi padrino de boda.

–¿Tu padrino de boda? –dijo John emocionado.

–Sí –dijo Rory tomando a Macy de la cintura–. Nos vamos a casar muy pronto. Ahora que lo pienso, tengo un traje perfecto para el padre de la novia.

John sintió que las piernas le temblaban y tuvo que sentarse en el sofá.

–El padre de la novia –repitió mirándolos–. No me lo puedo creer.

–Pues será mejor que te vayas haciendo a la idea rápidamente porque, en cuanto te quieras dar cuenta, te haremos abuelo.

–¡Pero si no estoy embarazada! –exclamó Macy.

Rory sonrió y la abrazó con fuerza.

–No, pero, si por mí es, lo estarás en breve.

DESEO

PEGGY MORELAND

PECADOS DEL AYER

Capítulo Uno

Decían que no había ni una sola mujer en el estado de Texas a la que un Tanner no pudiera seducir.

Eran altos y guapos, de pelo negro y ojos azules, imposibles de resistir.

Whit Tanner era la excepción.

Aunque medía más de un metro ochenta y era muy atractivo, Whit no se parecía en absoluto a los hombres con los que compartía apellido.

Para empezar, tenía el pelo castaño con mechones rubios y los ojos marrones, pero las diferencias no terminaban allí.

Sus hermanos eran capaces de enamorar incluso a una monja, pero él sólo se sentía cómodo rodeado de yeguas.

Cuando tenía que vérselas con otras féminas, a saber mujeres del género humano, solía tartamudear y ponerse rojo como la grana.

Tal vez, eso explicara que siguiera soltero a los veintinueve años.

Lo cierto era que Whit no le daba ninguna importancia a su soltería, había aceptado aquel estado de forma natural.

Eso había sido hasta que todos sus hermanastros se habían casado.

Había comenzado Ace casándose con Maggie, lo había seguido Woodrow, que se había enamorado de una médico de Dallas, Ry no había tardado mucho en enamorarse de Kayla, una camarera de Austin que le había robado el corazón, y la guinda del pastel había sido que Rory, el soltero y ligón por excelencia de la familia, se había casado con Macy Keller hacía poco.

En aquella boda había sido cuando Whit se había dado cuenta de que era el único Tanner soltero que quedaba.

—El último Tanner soltero —murmuró ensillando a una yegua.

Él no era un Tanner. Desde luego, no por nacimiento. Buck Tanner lo había adoptado por compasión cuando se había casado con su madre.

Todo el mundo, él incluido, sabía que el matrimonio entre ellos no había sido por amor. Lee Grainger era una camarera divorciada que intentaba sacar adelante a su hijo y buscaba seguridad mientras que Buck tenía mucho dinero y buscaba una mujer que se hiciera cargo de sus cuatro hijos.

Al final, ella había conseguido el hogar y la seguridad que buscaba y él la doncella y la canguro que necesitaba.

Y Whit había pasado a apellidarse Tanner.

La apariencia física y la sangre no era lo único que diferenciaba a Whit de sus hermanastros.

Ellos no tenían que ganarse la vida con el sudor de su frente. Que lo hicieran porque querían era otra cosa.

Él necesitaba el dinero, pero tenía la suerte de trabajar con lo que más amaba en el mundo, los caballos.

Suponía que debía agradecerle a su padrastro aquello porque había sido mientras trabajaba en su rancho cuando se había dado cuenta de la enorme afinidad que tenía con aquellos animales.

Claro que aquello era lo único que tenía que agradecerle a Buck porque en todo lo demás aquel hombre había sido un desastre.

Mientras terminaba de ensillar a la yegua, se preguntó si es que había algún buen padre en el mundo.

Se rió amargamente al recordar que el suyo los había abandonado cuando él tenía tres años. Desde entonces, había vivido con su madre creyendo que estaban muy bien así hasta que un día ella le había dicho de repente que se iba a casar con Buck, quien lo iba a adoptar.

Si aquel hombre no tenía tiempo para sus cuatro hijos, tuvo muchísimo menos para su hijo adoptado.

La yegua lo miró sorprendida pues, sin darse cuenta, le había apretado demasiado las cinchas.

—Perdona, preciosa —se disculpó Whit acariciándola.

Aquel animal era una maravilla y Whit que-

ría pedirle al propietario que le dejara entre-
narla para rodeos.

En aquel momento, oyó un vehículo que se
acercaba y, al asomarse, comprobó encantado
que era el coche de Rory.

Macy, su recién estrenada mujer, lo acompa-
ñaba.

Aunque el rencor que sentía por el pa-
triarca de los Tanner era evidente, Whit quería mucho a sus hermanastros, sobre todo a
Rory.

–¡Hola, Whit! –lo saludó su hermanastro bajándose del coche–. ¿De dónde has sacado ese
caballo tan feo?

Whit chasqueó la lengua y lo saludó con la
mano.

–Será mejor que Dan Miller no te oiga decir
eso de su nueva yegua porque le ha costado
una fortuna.

Rory abrió la verja y Macy fue directa a por
Whit con los brazos abiertos. Whit se preparó
para el abrazo que sabía que se avecinaba.

Aunque se estaba acostumbrando a las atenciones femeninas de sus cuñadas, no podía evitar sonrojarse.

–Hola, Macy –la saludó abrazándola tímidamente.

–Las manitas quietas, ¿eh? –bromeó Rory–.
Te recuerdo que la persona con la que te estás
poniendo cariñoso es mi mujer.

–Si tú llamas a esto ponerse cariñoso, no me
extraña que tu mujer se abalance a mi cuello

cada vez que me ve. La pobre debe de estar hambrienta de cariño.

–Si fuera así, seguramente tú serías el último hombre sobre la faz de la tierra en el que lo buscaría –rió Rory–. Whit, es que tú no sabes tratar a las mujeres aunque te den un libro de instrucciones.

Whit estaba acostumbrado a que Rory le tomara el pelo, así que se limitó a sonreír y a llevar a la yegua a su cuadra.

–¿Habéis venido hasta aquí para burlaros de mí o hay algún motivo serio? –les preguntó.

–Hemos venido para invitarte a una cosa –contestó Macy–. Voy a inaugurar mi vivero por todo lo alto el próximo sábado y quiero que vengas.

–¿Por todo lo alto? –contestó Whit–. ¿Eso quiere decir que habrá comida en abundancia?

–Habrá suficiente comida como para alimentar a un ejército e incluso champán.

–¿Champán? –dijo Whit haciendo una mueca de disgusto–. ¿No me irás a decir que es una de esas inauguraciones pijas a las que hay que ir con chaqueta y corbata?

–Por mí, como si vienes disfrazado –sonrió Macy.

–¿Estabas esperando a alguien? –preguntó Rory señalando un coche que se acercaba.

–No que yo sepa –contestó Whit arrugando el ceño.

A medida que el monovolumen se fue acercando, a Whit se le fue formando un nudo en la boca del estómago.

—¿No es Melissa Jacobs? —preguntó su hermanastro con curiosidad.

—Sí —contestó Whit apartando la mirada—. Es ella.

—Hola, Melissa —la saludó Rory cuando la mujer bajó del coche—. Hacía mucho tiempo que no te veía.

—Sí, hace mucho tiempo —contestó Melissa acercándose a ellos—. Me alegro de veros.

—Lo mismo digo —contestó Rory.

—Mira, te presento a mi mujer. Macy, ésta es Melissa Jacobs.

—Enhorabuena por vuestra boda —dijo Melissa estrechándole la mano a Macy.

—Gracias —contestó la mujer de Rory.

—Siento mucho la muerte de Matt —intervino Rory—. Si puedo hacer algo por ti...

—No, gracias —se apresuró a contestar Melissa.

—Bueno, ¿y qué te trae por aquí? —quiso saber Rory.

—He venido a ver a Whit —contestó Melissa.

—Entonces, nosotros nos vamos —dijo Rory tomando a su mujer de la mano.

Whit sintió que el pánico se apoderaba de él ante la posibilidad de quedarse a solas con Melissa.

—No hace falta que os vayáis —les dijo—. En cuanto termine con lo que estoy haciendo, os invito a tomar algo fresco en casa.

8

Rory consultó la hora y negó con la cabeza.

—Lo siento, pero hemos dejado al padre de Macy solo en el vivero y, como llegue el camión de plantas que estamos esperando y lo tenga que descargar él solo, nos mata —explicó—. Nos vemos el domingo para comer —se despidió yendo hacia el coche.

—Espero que no se hayan ido por mi culpa.

Whit miró a Melissa y frunció el ceño.

—Ya lo has oído decir que tenían que volver al vivero —le dijo dándole la espalda—. ¿Cuánto hace que murió Matt? ¿No deberías estar en casa llorando? —le espetó.

Al instante, se dio cuenta de que había sido cruel, pero le dio igual. Ojo por ojo y diente por diente. ¿No era acaso eso lo que decía la Biblia?

—No he venido hasta aquí para que me insultes —contestó Melissa enfadada.

—Entonces, ¿para qué has venido?

—Tengo un caballo y quiero que me lo domes.

Whit terminó de quitarle la silla a la yegua.

—Hay otros domadores. Si no conoces a ninguno, te puedo dar el teléfono de uno bueno —le dijo.

—No quiero un domador cualquiera. El caballo es de... Matt.

Matt Jacobs, su marido muerto y el mejor amigo de Whit.

«Ex mejor amigo», pensó Whit con amargura.

Whit sabía de qué caballo le estaba hablando Melissa porque su amigo lo había comprado siendo un potro hacía varios años con la intención de entrenarlo para las carreras.

El pedigrí del animal era impresionante, pero, por desgracia, su temperamento también.

—¿Por qué no lo vendes? Te darían un buen dinero por él —le sugirió mientras cepillaba a la yegua.

—Me darán todavía más si está entrenado.

Whit se dio cuenta de que Melissa hablaba con determinación y algo más. ¿Desesperación acaso?

Fuera lo que fuese, no estaba dispuesto a dejarse convencer.

—Tengo una lista de espera interminable de gente que quiere que entrene a sus caballos, así que no puedo hacerme cargo del tuyo.

—Te pagaré lo que cobras normalmente y un porcentaje del precio de venta del animal.

Sorprendido por aquella oferta, Whit levantó la mirada hacia Melissa e inmediatamente deseó no haberlo hecho.

Volver a verla le recordó el pasado.

Aquella mujer de ojos color ámbar, pelo largo y rubio que le caía sobre los hombros en suaves ondas y rasgos faciales delicados había protagonizado sus sueños durante siete largos años.

—Lo siento, pero no necesito más dinero.

—Whit, por favor...

–No –la interrumpió Whit–. Si quieres que te recomiende a alguien, te doy el teléfono y punto. De lo contrario, prefiero que te vayas.

Melissa estaba sentada en el coche, frente al colegio.

Por la ventana entraba la brisa, que le movía el pelo, pero que no era suficiente para aplacar el sonrojo de sus mejillas.

Se sentía avergonzada, humillada, furiosa y presa del pánico.

Le había costado semanas atreverse a ir a ver a Whit para proponerle que entrenara al caballo de Matt.

Había intentado hacerlo de otra manera que no tuviera nada que ver con él, pero, al final, había tenido que ceder porque era la única opción.

Y él le había dicho que no.

Obviamente, Melissa no esperaba que hubiera accedido inmediatamente, incluso estaba preparada para que le dijera que no, pero para lo que no estaba preparada era para el dolor que le había causado su negativa.

En aquel momento, se abrieron las puertas del colegio y cientos de niños salieron gritando y corriendo hacia los coches que los esperaban.

Melissa se bajó del coche y su hijo se acercó corriendo a ella y la abrazó.

–¡Hola, mamá!

–Hola, hijo –contestó Melissa acariciando el pelo rubio de su hijo y abriéndole la puerta del pasajero–. ¿Qué tal ha ido el día? –le preguntó una vez al volante.

–Joey Matthews ha vomitando encima del dibujo que estaba haciendo y la perra de Shane Ragsdale ha tenido cachorros. ¿Me puedo quedar con uno, por favor?

–Ya tenemos un perro –contestó Melissa poniendo el coche en marcha.

–Sí, pero Champ no es mío, es tuyo. Yo quiero un cachorro sólo para mí.

–Ya tenemos bastante de momento con un perro.

–Por favor, mamá –suplicó el niño–. Te prometo que me ocuparé de él.

–Sabes perfectamente que ahora mismo no nos podemos permitir tener otro perro –suspiró Melissa.

–Esto de ser pobre es una lata.

–¡Grady Jacobs! –se escandalizó Melissa–. No somos pobres.

–Entonces, ¿por qué tienes que vender el caballo de papá?

–Porque nos hace más falta el dinero que el caballo –contestó Melissa–. Eso no quiere decir que seamos pobres –añadió intentando convencerse a sí misma–. Lo que pasa es que estamos atravesando un bache económico.

–La madre de Angela Hanes dice que no tenemos dónde caernos muertos.

–¿La madre de Angela te ha dicho eso? –exclamó Melissa.

–No, me lo ha dicho Angela. Se lo oyó decir a su madre cuando estaba hablando por teléfono con la señora Henley. Como no entendía muy bien lo que quería decir, Angela me ha explicado que es que somos pobres desde que papá murió porque nos dejó arruinados.

A Melissa la enfureció que sus vecinos estuvieran hablando de ellos a sus espaldas.

–Pues se equivocan, ni estamos arruinados ni somos pobres.

–Entonces, ¿me puedo quedar con el cachorro?

Melissa cerró los ojos rezando para saber explicarle a su hijo que su situación financiera era delicada.

–Antes de que tu padre muriera, había dos sueldos en casa para pagar las facturas, pero ahora sólo hay uno, el mío.

–Si quieres, yo te ayudo a ganar más –se ofreció el niño.

–Gracias, cariño, pero no quiero que te preocupes por estos temas. En cuanto haya vendido el caballo, todo irá bien.

Tras la inesperada visita de Melissa del lunes, la semana de Whit pasó volando y fue de mal en peor.

El martes, uno de los sementales se hizo

13

daño en una pata y tuvo que llamar al veterinario, y el miércoles por la noche entró un mapache en las cuadras y destrozó tres sacos de avena. El domingo, para rematar la faena, estaba domando a un caballo y el animal lo tiró directamente a un montón de abono.

Para cuando terminó de ducharse, era ya casi la hora de comer.

—Perdón por llegar tarde —se disculpó al llegar al Bar-T, donde sus hermanastros y sus mujeres lo esperaban para comer.

—¿Qué te ha pasado? —le preguntó Rory al ver que tenía un moratón en la mejilla.

—Me ha tirado un caballo —esto Whit.

—Si quieres, luego te lo miro —se ofreció Ry pasándole la fuente de las patatas—. No creo que te hayas roto nada, pero por si acaso.

—Sólo es un moratón —contestó Whit sirviéndose un filete.

—Yo me sé de otro que decía lo mismo —dijo Maggie mirando a Ace.

Aquello hizo que todos los demás recordaran la caída de Ace y cómo se había negado a que Maggie lo llevara al médico.

—Reíros todo lo que queráis —dijo Ace—, pero un hombre que se cae del caballo y tiene que ir corriendo a ver al matasanos no es un hombre de verdad, ¿verdad, Whit?

Teniendo en cuenta que había dos médicos y dos enfermeras esperando su respuesta, Whit decidió salirse por la tangente.

—Lo que tú digas.

14

–Cobarde –le dijo Rory en voz baja.

–Ya tengo un moratón y no quiero más –contestó Whit.

–Parece que los abogados van a tener listo el reparto de la herencia del viejo en un par de semanas –los informó Ace cambiando de tema–. Vamos a tener que ponernos de acuerdo para ir todos juntos a firmar.

Acto seguido, todos los hermanos se pusieron a hablar de cuándo le venía mejor a cada uno, pero Whit no dijo nada porque, a pesar de que Ace le había dicho desde el principio que iba a recibir un quinto de lo que tenía su padre, él le había hecho saber que no quería absolutamente nada de Buck Tanner.

–¿Y tú, Whit? –le preguntó su hermano mayor–. ¿Te viene bien el veintinueve de mayo a las dos?

–Ya te he dicho que no quiero nada de Buck –contestó dándose cuenta de que todos lo miraban.

–Sí, pero vas a recibir exactamente lo mismo que el resto de nosotros, lo quieras o no –insistió Ace.

–Sabes perfectamente que, si vuestro padre hubiera dejado testamento, a mí ni siquiera me habría mencionado en él.

–Puede que así hubiera sido, pero también es muy posible que no nos hubiera dejado nada a ninguno de nosotros tampoco porque te recuerdo que no nos hablábamos cuando murió. Al morir sin testar, todas sus posesiones

15

se repartirán en cinco partes iguales entre sus hijos.

—Yo no soy hijo suyo.

—Para la ley, lo eres. Tengo los documentos de adopción para demostrarlo.

—Venga, Ace —dijo Whit echándose hacia atrás con frustración—. ¿No les puedes decir a los abogados que se olviden de mí?

—Lo siento mucho —contestó Ace encogiéndose de hombros—. La ley es la ley y sin tu firma no se puede repartir la herencia —le explicó poniéndolo en un aprieto—. ¿Así que te va bien el veintinueve de mayo a las dos de la tarde?

—Firmaré lo que haya que firmar, pero no pienso tocar el dinero de Buck —contestó Whit.

—Eso es asunto tuyo —le dijo Rory cambiando de tema rápidamente—. ¿Para qué quería verte Melissa el otro día?

—Quería que le domara un caballo —contestó Whit comiéndose el filete.

—¿Melissa Jacobs? —preguntó Elizabeth, la mujer de Woodrow, con curiosidad.

—La misma —contestó Rory—. Salías con ella, ¿no? —le preguntó a su hermanastro.

Whit dio un respingo porque no sabía que nadie supiera lo suyo e intentó disimular su zozobra encogiéndose de hombros.

—Salimos por ahí un par de veces.

—¿De verdad? —preguntó Ace—. Yo creía que siempre había sido novia de Matt.

—No fue nada serio —insistió Whit.

–Yo no la conozco mucho, pero me da mucha pena –intervino Elizabeth–. Perder a tu marido en un accidente es horrible, pero descubrir que te ha dejado arruinada debe de ser mucho peor.

Whit la miró sorprendido.

–¿Matt ha dejado a Melissa arruinada?

–Bueno, eso es lo que he oído –contestó Elizabeth.

–Dillon Philips le compró la semana pasada un arado y me dijo que se lo había vendido a muy buen precio porque necesitaba el dinero para pagar la hipoteca –confirmó Woodrow.

–Pues le ha mentido porque Melissa no tiene hipoteca. La casa la heredó Matt de su abuelo –les dijo Whit–. En cualquier caso, aunque fuera verdad, aunque la casa estuviera hipotecada, Mike le daría todo el dinero que necesitara.

–Un momento –intervino Macy–. Me he perdido. ¿Quién es Mike?

–El padre de Melissa –le explicó Rory–. Era buen amigo del nuestro y tiene mucho dinero.

–Si es así, supongo que si esa chica necesitará el dinero se lo pediría.

–No tiene por qué.

Todo el mundo miró a Kayla.

–Yo no lo haría –les explicó–. Es una cuestión de orgullo.

–Sí, cariño, todos sabemos que tú eres muy orgullosa –le dijo su marido.

–Yo creo que tiene razón –dijo Rory defendiendo a su cuñada–. Si lo pensáis bien, es la única explicación que tiene sentido. Si mal no recuerdo, Melissa no se llevaba muy bien con su padre.

–Sí, recuerdo que Mike le solía decir al viejo que su hija era tozuda como una mula –intervino Ace.

–Entonces, no creo que le pidiera ayuda a su padre aunque la necesitara –reflexionó Elizabeth con tristeza–. Eso no hace sino que me dé todavía más pena porque, en momentos así, es cuando una mujer más necesita el apoyo de su familia.

Whit tragó saliva pues sabía que era cierto que Melissa no se llevaba bien con su padre ya que aquel hombre había pretendido controlar su vida desde que era muy pequeña.

Así que Elizabeth tenía razón. Lo más probable era que Melissa jamás pidiera ayuda su padre.

Entonces, ¿a quién se la pediría si la necesitase?

Al recordar su visita y su desesperación al pedirle que domara al caballo, se sintió culpable, pero se dijo que no debía sentirse así porque, al fin y al cabo, él le había entregado su corazón ¿y qué había hecho ella?

Se había ido con su mejor amigo.

Capítulo Dos

Aunque Whit intentaba convencerse de que no tenía nada por lo que sentirse culpable, la culpa lo persiguió durante la semana siguiente, distrayéndolo de su trabajo y no dejándolo dormir.

No quería sentirse mal por cómo le había contestado a Melissa y, desde luego, no quería sentir compasión por ella, pero eso era exactamente lo que sentía.

El sábado se encontró deseando tener que hacer cualquier cosa para no seguir pensando en aquel asunto, y la inauguración del vivero de Macy fue la ocasión perfecta para intentar olvidarse.

A Whit no le gustaba demasiado salir, pero prefería hacerlo, aunque tuviera que llevar traje y corbata, que quedarse otra noche en casa dándole vueltas a la cabeza.

Fue de los últimos en llegar y, al entrar, el ambiente le recordó por qué no solía salir. Para empezar, el ruido. La música estaba altísima y los cientos de conversaciones que había a su alrededor eran insufribles.

Un camarero estuvo a punto de llevárselo por delante con su bandeja cargada de copas de champán y Whit se hizo a un lado y se apoyó en la pared con las manos en los bolsillos y mirando a su alrededor.

Acostumbrado a estar solo con los caballos, a Whit se le antojó de repente que aquello de quedarse en casa no habría estado mal, así que buscó a su cuñada para decirle que todo estaba precioso y poder irse cuanto antes.

—Desde luego, Whit, tendrías que salir más —lo reprendió Macy cuando le dijo que se iba—. Deberías echarte una novia.

—No empieces con eso —contestó Whit—. Ya sabes que las mujeres se me dan fatal, sobre todo las que no conozco.

—Entonces, sal con una que conozcas.

—Estáis todas casadas —contestó Whit.

—Hay algunas que no —insistió su cuñada.

—¿Ah, no? ¿Por ejemplo? —bromeó Whit.

—Por ejemplo, ésta —contestó Macy agarrando del brazo a una mujer que pasaba por allí.

Al ver de quién se trataba, Whit sintió como si le hubieran dado un puñetazo.

—Las viudas tampoco me sirven —dijo Whit girándose y alejándose de allí.

A la mañana siguiente, Whit se encaminó temprano a las cuadras para limpiarlas. Era un trabajo duro, pero le apetecía hacerlo porque se quería desahogar.

Ver a Melissa dos veces en la misma semana era insoportable. Había conseguido evitarla durante siete años y ahora parecía que la tenía hasta en la sopa.

—Me parece que me debes una explicación —dijo alguien a sus espaldas.

Sorprendido, Whit levantó la cabeza y se encontró a Macy. Era obvio que estaba enfadada porque tenía los puños apretados a los lados del cuerpo.

—¿Por qué? —preguntó Whit poniéndose en pie.

—No te hagas el tonto conmigo, Whit Tanner —dijo Macy yendo hacia él—. Anoche fuiste un perfecto maleducado con Melissa y quiero saber por qué.

—No te lo tomes a mal, pero no eres mi madre.

—Da gracias de que no lo sea. Si lo fuera, te habría zurrado bien.

—Ja —se burló Whit.

—No tientes a la suerte —le advirtió su cuñada.

—¿A Rory también le hablas así?

—No intentes cambiar de tema. Quiero una explicación y no me pienso ir hasta que me la hayas dado —contestó Macy sentándose en una bala de heno y cruzándose de brazos.

Decidido a ignorarla, Whit siguió trabajando, pero al cabo de un rato su presencia y sus miradas se le hicieron insoportables.

–Está bien –exclamó frustrado–. Me fui porque no quería hablar con ella.

–¿Por qué no?

–Porque no y punto –contestó Whit–. Será mejor que te vayas a casa con tu marido porque no te pienso contar nada más.

–Muy bien, me voy –contestó su cuñada poniéndose en pie–, pero te voy a decir una cosa. Anoche no sólo insultaste a una de mis invitadas sino también a una de mis proveedoras porque, por si no lo sabes, Melissa trabaja para mí.

–Pero si Melissa no ha trabajado jamás –se rió Whit.

–Eso demuestra lo poco que la conoces. Para que lo sepas, es una mujer con una creatividad maravillosa que hace unos muebles de jardín de hierro espectaculares.

Whit se quedó mirándola sin saber qué decir.

–Sé que eres muy tímido con las mujeres, pero también sé que tienes un gran corazón y, precisamente por eso, no entiendo por qué te has mostrado así con una mujer que ha sufrido una pérdida tan tremenda y que está haciendo todo lo que puede para salir de una situación muy difícil.

–Yo no le he hecho nada. Sólo me fui. Si eso la ha ofendido, es su problema, no el mío.

–Su marido era amigo tuyo –le recordó su cuñada–. Según me ha comentado tu hermano, era tu mejor amigo, así que, por respeto a él, deberías reconsiderar tu postura y ayudar a su mujer en todo lo que sea necesario.

Macy se había ido dejándolo a solas con sus pensamientos tras haberlo tratado de una manera que Whit no creía merecer.

«¿Cómo que no?», se dijo así mismo mientras seguía trabajando.

—Matt era mi amigo —admitió en voz baja—. Sí, pero, en cuanto me di la vuelta, me robó a mi novia.

«¿Mi novia?».

Sí, claro que era su novia. Lo cierto era que Melissa había sido primero novia de Matt, pero lo había dejado con él y había comenzado a salir con Whit.

Tal vez, sería ahora su mujer si Matt no se la hubiera robado. Llegado a aquel punto, Whit se dijo que Matt no le había puesto una pistola en la cabeza ni la había obligado a irse con él.

No, claro que no había sido así. Lo cierto era que Matt no era el único culpable. Melissa también había tomado sus decisiones. La primera de ellas, irse con Matt, su mejor amigo, en cuanto él se había ausentado de la ciudad.

Sí, lo cierto era que Matt y él habían sido muy buenos amigos. Se habían criado juntos porque, antes de que su madre se casara con Buck, como tenía que trabajar, había hablado con los padres de Matt y Whit se iba a su casa todas las tardes después del colegio.

Cuando no tuvo más remedio que mudarse al rancho del nuevo marido de su madre, había seguido viéndolo y, de hecho, Matt había escuchado pacientemente sus quejas sobre su nueva vida.

Con Matt había planeado escaparse de aquel rancho y Matt había sido la primera persona que había ido a verlo al Bar-T el día en el que su madre se mató en un accidente de coche.

Whit tragó saliva porque se le estaba formando un nudo en la garganta ante la emoción. Sí, su amigo lo había ayudado en los peores momentos de su vida.

De repente, comenzó a sentirse culpable de nuevo por no ayudar a su viuda, pero era imposible que Melissa estuviera arruinada porque él conocía bien a Matt y sabía que no era hombre de grandes gastos.

¿Sería que había cambiado con los años?

Whit suspiró y se puso en pie.

Daba igual que Matt hubiera cambiado. Lo cierto era que había sido su amigo y los amigos tenían que ayudarse en los malos momentos.

Melissa entrelazó los dedos de una mano con los de la otra para no ponerse nerviosa mientras observaba cómo el tercer domador que había pasado por su casa en tres días se iba tras haber estado un rato con el caballo.

–Sé que War Lord puede ser difícil a veces –le dijo nerviosa.

24

–¿Difícil? –dijo él hombre riéndose y montándose en su furgoneta–. Señora, ese caballo no es difícil, lo que le pasa es que está completamente loco.

–Por favor, dele otra oportunidad –imploró Melissa–. Seguro que se calmará cuando se haya acostumbrado a usted.

–Mire, señora, jamás conseguirá hacer carrera de ese animal. Lo mejor que podría hacer sería sacrificarlo. Si quiere, le pongo ahora mismo la inyección letal y no le cobro –le propuso el domador.

–No, no puedo hacer eso –contestó Melissa con voz trémula.

–Muy bien. Como usted quiera –se despidió el hombre encogiéndose de hombros.

Melissa se quedó mirando la furgoneta que se alejaba. Allá iban sus últimas esperanzas de poder pagar sus deudas.

Había contactado con todos los tomadores que vivían a cien kilómetros a la redonda. No le quedaba nadie a quien llamar.

Al darse cuenta de que todo estaba perdido, le entraron unas terribles ganas de tirarse al suelo y de ponerse a llorar como una niña pequeña.

Pero llorando los problemas no se iban a arreglar. Ya había llorado suficiente durante los últimos cuatro meses como para darse cuenta de que las lágrimas no arreglaban el caos en el que Matt la había dejado sumida.

Así que echó los hombros hacia atrás, se giró hacia su casa y se metió en el estudio.

Durante su matrimonio con Matt, el estudio había sido su refugio, el lugar en el que trabajaba.

Ese día, más que nunca, necesitaba la soledad de aquel espacio. Al entrar, las paredes pintadas de azul claro la envolvieron y le dieron paz.

Todo en aquella estancia lo había comprado ella con el dinero que había ganado de vender sus creaciones.

Aquella sensación de independencia y de orgullo fue lo que la llevó al banco de trabajo que estaba al otro extremo de la sala.

Al llegar, acarició las teselas que estaba colocando cuando había llegado el último entrenador.

Aunque fuera las cosas fueran fatal, allí se encontraba bien, así que comenzó a trabajar de nuevo.

Al llegar, Whit se fijó en la bandera de Texas que había pintada en el tejado de las cuadras y se preguntó si la habría hecho Matt.

Lo cierto era que no le importaría tener una igual en su casa pues era un precioso tributo a su maravilloso estado.

Al apagar el motor del coche, recordó la primera vez que Matt lo había llevado a aquella casa. Aquel día, estaba emocionado porque se iba a independizar.

Había heredado la casa de su abuelo, que la tenía deshabitada hacía tiempo, así que Matt sabía que iba a tener que hacer un gran esfuerzo para dejarla bien, pero, tal y como le había dicho a su amigo, era gratis y «a caballo regalado, no le mires el diente».

La casa que veía ahora mismo Whit ante sí no tenía mucho que ver con el edificio a punto de caerse a pedazos que Matt le había enseñado aquel día.

Ahora, la casa estaba recién pintada y el tejado estaba en perfectas condiciones. Además, lo más importante era que aquella casa se había convertido en un hogar.

Olía a pan recién hecho, había un balancín en el porche y había macetas de barro con flores de colores por todas partes.

A Whit le habría encantado creer que había sido Matt el que había introducido aquellos cambios, pero sabía que no era así porque a su amigo nunca le había importado mucho la estética.

Eso quería decir que había sido Melissa la responsable de que la casa estuviera preciosa.

Aquello hizo que Whit se preguntara si también era la responsable de las deudas que Matt había dejado a su muerte.

Se la imaginó pidiéndole, o exigiéndole, que reformara la casa. Melissa venía de un entorno de mucho dinero y estaba acostumbrada a vivir muy bien.

Su padre tenía una mansión en Lampasas con ama de llaves, cocinera y jardinero y mudarse a una casa tan sencilla como la de Matt debía de haber sido un duro golpe para ella.

Claro que, a juzgar por lo que tenía ante sí, no había perdido el tiempo y la había convertido en lo que a ella le había dado la gana.

Whit apretó los dientes, se bajó del coche y se acercó a la puerta, ansioso por terminar con aquello cuanto antes para poder marcharse.

Llamó a la puerta y esperó.

Al ver que no le abrían, se dirigió a la parte trasera de la casa. Al llegar allí, vio un pequeño cobertizo al fondo del jardín y recordó que Matt se lo había enseñado también.

Entonces, no eran más que cuatro tablas a punto de caer al suelo, nada que ver con lo que era ahora.

Alguien había pintado las paredes de madera de amarillo y blanco y había llenado las dos ventanas de flores.

Whit se acercó con curiosidad y se asomó a la puerta, que estaba abierta. Allí encontró a Melissa, sentada de espaldas a él, concentrada en algo que estaba haciendo.

Ya que no lo había visto, Whit aprovechó para mirar a su alrededor. Comprobó que había montones de cosas en estanterías. Pintura, herramientas, frascos llenos de piedras y de botones y, junto a la pared del fondo, piedras y hierros oxidados.

–¿De dónde sacas todas estas porquerías? –le preguntó.

Melissa dio un respingo y se giró hacia él.

–Si has venido a insultarme otra vez, ya te puedes ir –le contestó furiosa.

A Whit le habría encantado irse porque, desde luego, era ella la que lo necesitaba a él y no al revés, pero había ido para ayudar a un amigo y era lo que tenía que hacer.

Así que se quitó el sombrero y entró.

–He venido para echarle un vistazo a ese caballo que querías que te domara.

–¿No me habías dicho que no tenías tiempo? –contestó Melissa.

–Resulta que ahora lo tengo –contestó Whit encogiéndose de hombros.

Melissa se quedó mirándolo y se giró de nuevo hacia su trabajo.

–Lo siento mucho, pero ya he contratado a otra persona –mintió.

Whit sabía que estaba mintiendo.

–¿A quién?

–No es asunto tuyo –contestó Melissa.

–Claro que lo es –insistió Whit.

Melissa no contestó y Whit comenzó a sentir que perdía la poca paciencia que le quedaba. Se acercó a ella, la agarró del codo y la giró hacia él.

–A ver si te enteras de que sé que las cosas no te van bien y he venido a ofrecerte mi ayuda –le espetó.

Melissa lo miró a los ojos sin rastro de temor y aunque Whit la estaba agarrando con fuerza.

29

–¿Y por qué ibas a querer ayudarme?

Whit la soltó y Melissa dio un paso atrás.

–No te confundas –contestó–. No lo hago por ti sino por Matt, que era mi amigo.

–¿Tu amigo? –se burló Melissa–. ¿Cómo tienes el valor de decir que era tu amigo cuando ni siquiera viniste a su entierro?

Era cierto. No había ido a su entierro y se sentía avergonzado por ello, pero no había sido porque no hubiera querido honrar la memoria de su amistad sino porque sabía que iba a ver a Melissa y no podía soportar la idea.

Claro que eso no podía decírselo, no fuera a ser que Melissa creyera que seguía sintiendo algo por ella.

Y no sentía nada por ella, absolutamente nada.

–Matt era mi amigo –mantuvo muy serio–. Y lo seguiría siendo si tú no te hubieras interpuesto entre nosotros.

Melissa palideció ante aquella acusación y se apresuró a darse la vuelta, pero Whit vio que se sentía culpable.

–Muy bien –dijo Melissa tomando aire–. Si domar a mi caballo te ayuda a lavarte la conciencia, no hay problema.

¿Lavarle la conciencia? Desde luego, no era la suya la que Whit creía que hubiera que lavar, pero le importaba muy poco lo que Melissa creyera.

Había ido hasta allí para hacerle un favor a un amigo, no para ponerse a discutir con la viuda de ese amigo, así que se puso el sombrero y se dirigió a la puerta.

–Lo voy a meter en la furgoneta y me lo llevo a mi rancho.

–No vas a poder.

–¿Pero no me acabas de decir que no te importa que lo dome? –preguntó Whit presa de la frustración.

–No va a querer entrar.

–¿El caballo no va a querer entrar? –preguntó Whit sorprendido.

Melissa negó con la cabeza.

Whit estuvo a punto de decirle que se olvidara de todo aquel asunto porque no tenía tiempo de recorrer todos los días los casi cien kilómetros que había hasta Brigss, pero estaba decidido a hacerle aquel favor a su amigo y no podía tirar la toalla al menor inconveniente.

–Entonces, me voy a tener que organizar de otra manera –recapacitó–. Por las mañanas, tengo que ocuparme de mi ganado, pero podría estar por aquí a eso del mediodía –propuso.

Por la expresión de su rostro, pensó que a Melissa no le había hecho mucha gracia aquella hora del día, pero a él le daba igual.

–Hasta mañana –se despidió.

Melissa no quería que Whit fuera a su casa todos los días. De hecho, si no tuviera que volverlo a ver en la vida, sería una mujer feliz.

Sin embargo, al día siguiente, a medida que las manecillas del reloj se acercaban a la hora prevista, se encontró esperando su llegada.

Whit llegó a las doce y cinco. Melissa lo sabía exactamente porque, al oír su furgoneta, miró la hora que era y calculó mentalmente cuánto tiempo le quedaba antes de tener que ir a buscar a Grady al colegio.

Dos horas.

¿Sería tiempo suficiente para que Whit trabajara con el caballo y se hubiera ido antes de que ellos volvieran?

Con la intención de preguntárselo, volvió a mirar por la ventana y, para su sorpresa, comprobó que Whit había ido directamente a las cuadras y ni siquiera pasaba a verla.

Irritada, siguió con su trabajo y decidió que no se iba a acercar a la cuadra para ver si necesitaba algo.

Si tenía alguna pregunta, que fuera él a verla; hacía mucho calor y, al fin y al cabo, era ella la que pagaba, ¿no?

Al pensar en el dinero que le iba a tener que dar, Melissa se mordió el labio inferior pues no tenía suficiente en el banco como para pagarle si quería pagar también las facturas del mes.

—¿A quién intento engañar? —susurró.

Lo cierto era que no tenía dinero para pagar a Whit aunque no pagara las facturas, pero estaba dispuesta a pagarle lo que fuera necesario.

Por supuesto que iba pagarle su trabajo,

pero Whit iba a tener que esperar a que vendiera a War Lord.

Por lo que le habían dicho, aquel caballo costaba un dineral. Cuando lo hubiera vendido, pagaría a Whit y todavía le quedaría mucho dinero para pagar una buena parte de las deudas de Matt.

Melissa rezó para que Whit fuera capaz de entrenar al caballo, porque los otros tres domadores que habían pasado por allí no habían podido ni siquiera acercarse a él.

Al recordar lo difícil que podía ser aquel animal, pensó en ir a advertírselo a Whit, pero se dio cuenta de que era un domador profesional y no necesitaba que nadie le diera consejos.

Seguro que habían pasado por sus manos caballos así antes, ¿o no? Preocupada, se acercó a la puerta.

Al no ver a Whit ni al caballo fuera de la cuadra, corrió hacia allí. Cuando llegó, sin aire en los pulmones, entró convencida de que el impetuoso animal habría matado a Whit.

Sin embargo, pronto lo vio. Estaba sentado sobre una bala de heno enfrente del caballo. Melissa se llevó la mano al pecho y tomó aire varias veces para aquietar su respiración entrecortada.

—He venido para advertirte que tiene mucho carácter.

«¿Mucho carácter?», pensó Whit.

Aquel caballo no tenía mucho carácter. Aquel

caballo era pura dinamita a punto de estallar y él se había presentado voluntario para detonarla.

—¿Lo ejercitas? —preguntó suspirando y poniéndose en pie.

—Lo saco todas las mañanas de la cuadra y lo dejo a su libre albedrío hasta la noche, que lo vuelvo a guardar —contestó Melissa acercándose al box en el que estaba encerrado War Lord y apoyando el brazo en la barra superior.

Al oír su voz, el animal levantó la cabeza y fue hacia ella relinchando y mostrando los dientes.

Whit se apresuró a agarrar a Melissa del brazo y a retirarlo para que el caballo no la mordiera.

—Me parece que no le gustas mucho.

Melissa frunció el ceño y miró al caballo.

—Ya lo sé y él tampoco me gusta a mí, te lo aseguro.

—Y, entonces, ¿cómo lo metes y lo sacas de la cuadra todos los días?

Melissa se encogió de hombros.

—Sacarlo es fácil porque me limito a abrir la puerta a toda velocidad desde fuera y a salir del recinto antes que él —le explicó—. Meterlo por las noches es un poco más difícil —admitió—. He descubierto que, si le pongo comida, normalmente, entra solo. En cuanto está dentro, cierro la puerta desde fuera y listo.

—¿Y sigue cayendo en la trampa?

Melissa se encogió de hombros.

–Le gusta comer.

–¿Qué le pones?

–Lo que le ponía Matt. Dos libras de avena, dos bloques de alfalfa y media libra de pienso. Por la mañana y por la noche.

Whit negó con la cabeza.

–Come demasiado para lo poco que se mueve. No le pongas pienso, ponle la mitad de avena y se acabó la alfalfa.

–Entonces, ¿lo vas a domar?

Whit lo miró sorprendido.

–Ya te dije ayer que sí, ¿no?

–Sí, pero... bueno, lo cierto es que los demás entrenadores que pasaron por aquí, en cuanto lo vieron, dejaron el trabajo.

–Los entiendo perfectamente –dijo Whit mirando al animal–. No parece que a este bicho le gusten demasiado los humanos.

–No. Matt siempre decía que lo iba a entrenar, pero siempre encontraba alguna excusa... –contestó Melissa interrumpiéndose para no hablar mal de su marido.

–No te preocupes, conocía a Matt y se cómo era –dijo Whit–. Sé que era un hombre que hacía muchos planes que rara vez llevaba a cabo.

Melissa no contestó.

Se limitó a agacharse y a recoger una pajita con la que se puso a juguetear.

–¿Cuánto tiempo crees que vas a estar aquí todos los días? –preguntó al cabo de un rato.

–Hoy, me tengo que ir a las dos, pero habrá otros días que me pueda quedar más tiempo.

Depende del trabajo que tenga en mi rancho –contestó Whit–. ¿Algún problema?

–No –contestó Melissa tirando la pajita al suelo–. Yo me paso casi todo el día en el estudio, así que no creo que nos veamos mucho –se despidió dirigiéndose hacia la puerta–. Me voy a ir dentro de un rato a recoger al niño al colegio, así que, si tienes alguna pregunta, déjame una nota en la puerta del cobertizo de las herramientas.

Mientras la veía alejarse, Whit pensó enfadado que era obvio que Melissa no quería que se acercara por la casa.

¿Y por qué había tenido que mencionar a su hijo? Whit no quería pensar en que Melissa tenía un hijo porque, siempre que lo hacía, pensaba en lo que había que hacer para tenerlos y, cuando se imaginaba a Matt y a Melissa haciendo el amor, la ira lo cegaba.

36

Capítulo Tres

Whit estaba sentado sobre un cubo tallando un trozo de madera y mirando a War Lord, que se paseaba ante él en su box.

Era el tercer día que iba a Briggs para trabajar con aquel caballo y todavía no lo había tocado.

Whit sabía que no había que apresurarse, que había que dejar que el caballo se habituara a uno y lo conociera.

–Hacerte el duro debe de ser un gran desgaste –le dijo–. Yo en tu lugar estaría ya harto de tener que mantener esa actitud.

Al mirar hacia arriba, comprobó encantado que el caballo se había parado y lo estaba mirando.

–Estoy seguro de que te encantaría estirar las piernas un rato, ¿verdad? ¿No te gustaría salir a correr por ahí?

Asintió como si el caballo hubiera contestado que sí.

–Pues para que lo sepas, lo único que te impide hacerlo es esa actitud cabezota que tienes. En cuanto te muestres un poco cortés con las personas que te cuidan y te dan de comer, te dejaré salir y podrás correr por los prados.

–War Lord no puede correr por el prado.

Whit estuvo a punto de caerse del cubo al oír la voz de un niño que se había acercado a él sigilosamente.

Aunque nunca había visto al hijo de Melissa, inmediatamente supo que era él porque se parecía mucho a su madre. Tenía también el pelo rubio y los ojos marrones.

Desde luego, no se parecía en nada a Matt.

–¿Y eso quién lo dice?

–Mi madre. Por lo visto, si War Lord se va al prado no podrá agarrarlo y meterlo en la cuadra por la noche.

–Entonces, supongo que a tu madre no le importará que lo deje salir si me encargo yo de meterlo por la noche –propuso Whit.

–War Lord no se deja agarrar así como así.

–¿De verdad?

–Sí –contestó el pequeño sentándose–. ¿Qué es eso?

–¿Esto? –dijo Whit mostrando un palo que estaba tallando–. Es el mango de una fusta.

–Mi madre no me deja jugar con navajas porque dice que soy muy pequeño.

Whit lo miró atentamente de arriba abajo.

–Lo cierto es que eres un poco bajito.

–¡Eh! –exclamó el pequeño indignado–. No soy bajito –dijo poniéndose de puntillas–. Soy el segundo más alto de mi clase.

Whit no quería que aquel niño le cayera

bien porque era el hijo de Melissa y Matt, pero no pudo evitar sonreír.

—Entonces, supongo que tu madre no se refiere a tu estatura sino a tu edad.

—Exacto —sonrió el niño acercándose—. ¿Cómo te llamas?

—Whit. ¿Y tú?

—Grady.

Vaya, así que Melissa le había puesto a su hijo el nombre de su padre. Algo sorprendente teniendo en cuenta lo mal que se llevaba con él.

—Mi padre ha muerto —anunció Grady de repente.

—Sí —contestó Whit—. Ya lo sé.

—Se ha ido al cielo y no volverá nunca.

Whit no sabía qué contestar, pero, gracias a Dios, Grady no parecía esperar su respuesta.

—¿Tú has estado en el cielo alguna vez?

—No —contestó Whit.

—Mi madre me ha dicho que es un sitio muy bonito y que las personas que van allí dejan de sufrir.

Era una explicación sencilla, pero apropiada para calmar los miedos y las preocupaciones de un niño pequeño.

—Tu madre tiene razón —le dijo decidiendo que era mejor cambiar de tema—. ¿Quieres probar? —le dijo entregándole la navaja y el trozo de madera.

—¿Puedo? —preguntó el niño con los ojos como platos.

Antes de que a Whit le diera tiempo de contestar, Grady se había sentado a su lado y había agarrado la madera con una mano y la navaja con la otra.

—¿Qué hago ahora? —preguntó emocionado.

—Antes de nada, te voy a explicar unas cuantas normas de seguridad —contestó Whit.

—¿Como qué?

—Como que una navaja es un arma y puede ser peligrosa si no sabemos utilizarla —le explicó Whit con paciencia tomando la navaja de sus manos y señalándole el filo—. ¿Ves que esta parte de aquí es más estrecha? Es la parte que corta y no debes agarrar por ahí la navaja jamás. Si tienes que entregársela a alguien, se la entregas por el mango.

Grady asintió.

—Nunca corras con una navaja abierta en la mano —le advirtió Whit—. Si te caes, podrías clavártela.

—Como con las tijeras, ¿no?

Whit asintió.

—Exacto —le dijo pasándole un brazo sobre los hombros y tomándole la mano—. Tienes que mover la navaja con suavidad, así —le dijo demostrándoselo—. No quieres destrozar la madera sino sólo tallarla. Y siempre con el filo hacia fuera, jamás hacia ti.

Grady frunció el ceño y se concentró.

—Ésa es la idea —lo animó Whit.

—¿Qué tal lo he hecho? —le preguntó el niño al cabo de un rato.

–Muy bien –contestó Whit sinceramente.

–¿Repetimos? –preguntó el niño emocionado.

–¡Grady Jacobs! ¿Qué demonios estás haciendo?

Al oír la voz de su madre, a Grady se le cayó la navaja al suelo y se levantó rápidamente.

–Sólo estaba tallando un trozo de madera –contestó–. Whit me ha dejado.

Melissa miró a Whit como si lo quisiera asesinar allí mismo.

–Grady no puede jugar con navajas –le dijo con sequedad.

A Whit no le gustó su tono, que indicaba que no creía que fuera un adulto responsable. Recogió la navaja, la dobló y se la guardó en el bolsillo.

–Ya me lo ha dicho, pero no estaba jugando. Le estaba enseñando a utilizarla.

–Tú no tienes que enseñarle nada –le espetó Melissa–. Yo decido si quiero que mi hijo aprenda a utilizar una navaja y cuándo. Te has metido en un buen lío, jovencito. Además de jugar con una navaja, has venido a la cuadra tú solo.

–No estaba solo –protestó el chiquillo–. Estaba con Whit.

Whit decidió que el niño tenía razón, pero pensó que era mejor no decir nada.

–Sí, Whit estaba aquí, pero tú no tienes permiso para venir aquí solo –insistió su madre–. Estás castigado. Vete a tu habitación.

–Jo, mamá –gimió el pequeño–. ¿De verdad?

–Sí –contestó Melissa–. Y, si sigues protestando, te quedas sin cenar.

El niño bajó la cabeza, se metió las manos en los bolsillos, apretó las mandíbulas y salió de la cuadra.

–Me parece que te has pasado un poco, ¿no? –dijo Whit una vez a solas–. No te ha desobedecido intencionadamente. Es cierto que yo estaba con él.

–Y contigo está a salvo, ¿no? –le espetó Melissa–. ¡Pero si le has dado una navaja para jugar!

–Ya te he dicho que no estaba jugando con ella –contestó Whit–. Le estaba enseñando a utilizarla.

–Es muy pequeño para aprender.

–Por favor, Melissa, en algún momento de su vida va a tener una navaja en las manos, ya sea la de un amigo o alguna que se compre él. ¿Qué prefieres, que sepa utilizarla adecuadamente o que se pueda cortar?

–Lo que no pienso tolerar es que vengas tú a decirme cómo tengo que educar a mi hijo.

–Es obvio que tú sabes mucho más de eso que yo, pero te aseguro que yo tengo muy claro cómo son los chicos y los problemas en los que se pueden meter, porque a mí me pasó.

–Es mi hijo y no quiero que le ocurra nada.

–No lo dudo, pero no puedes protegerlo teniéndolo metido en una burbuja. En algún momento de su vida va a salir al mundo y, cuando lo haga, va a ser inevitable que se lleve unos cuantos golpes. Por mucho que quieras ahorrárselo, es imposible, así que lo mejor que puedes hacer por él es que esté preparado.

Melissa abrió la boca para contestar, pero la volvió a cerrar, se giró y salió de la cuadra sin decir nada más.

Whit estaba sentado en lo alto de la valla, observando cómo War Lord corría por el prado. Desde luego, aquel animal era rápido.

Sin embargo, era el caballo más difícil con el que Whit se las había visto en todos los años que llevaba ejerciendo su profesión.

Había intentado todo lo que sabía para calmarlo, pero nada había dado resultado. Por lo menos, había hecho algún progreso. Por ejemplo, ahora podía estar en el box con él.

El caballo no dejaba que lo acariciara, pero no había intentado morderlo ni cocearlo, lo que ya era mucho.

Pero Whit quería terminar con aquel trabajo cuanto antes porque quería alejarse de Melissa Jacobs.

No porque ella estuviera dando la lata, no, más bien todo lo contrario. De hecho, no la veía desde hacía tres días, desde el incidente con Grady.

Whit suponía que no debería haber abierto la boca, pero no se arrepentía de haberlo hecho porque sabía que un chico de su edad necesitaba explorar y Grady no podía hacerlo si su madre estaba todo el día encima de él, vigilando lo que hacía.

Sin embargo, las diferencias en cómo criar a un niño no era el motivo por el que Whit quería distanciarse de Melissa.

Necesitaba paz.

Necesitaba volver a su vida y olvidarse de ella, tal y como había hecho siete años atrás.

Whit miró hacia la casa.

Desde luego, era muy difícil olvidarse de alguien trabajando siete días a la semana en su casa.

Como si le hubiera leído el pensamiento, en aquel momento Melissa apareció en la puerta del garaje dispuesta a segar el césped.

Aquello hizo que Whit se quedará mirándola sorprendido. La Melissa que él conocía jamás se ocupaba del jardín. Su padre jamás se lo habría permitido.

¿Por qué se lo iba permitir cuando pagaba a un jardinero para que hiciera aquel trabajo?

Whit no pudo evitar fijarse en que Melissa llevaba unos pantalones muy cortos y un top de algodón apretado.

Era obvio que iba a sudar porque iba a realizar un trabajo físico y, además, aquel día hacía un calor de mil demonios, pero Whit hubiera deseado que llevara un traje de neopreno de pies a cabeza.

Se dijo que debía apartar la mirada, pero no podía hacerlo.

No podía dejar de fijarse en aquellas nalgas.

Melissa estaba inclinada hacia delante, intentando poner la segadora en marcha, pero la máquina se negaba a arrancar.

Mientras Melissa sería peleándose con la segadora, Whit siguió admirando su cuerpo, aquel cuerpo que había recorrido con sus manos muchas veces.

No le hacía falta verla desnuda para recordar todos los rincones, todas las curvas, cada centímetro de su piel.

Sabía cómo hacerla gemir de placer.

¿Habría gemido igual con Matt?

Aquello hizo que, definitivamente, apartara la mirada.

En aquel momento, Melissa se levantó y miró hacia el camino y, al seguir su mirada, Whit comprobó que se acercaba un coche.

Era Joe Banks.

Whit se preguntó qué haría allí el dueño de la ferretería del pueblo y recordó que su hermano Rory le había comentado que Melissa le había vendido un arado hacía unas semanas.

Whit se preguntó si Melissa tendría que vender más cosas.

Al ver que Joe y Melissa iban hacia la cuadra, se bajó de la valla y se metió dentro pues no era asunto suyo que Melissa tuviera problemas económicos.

Una vez dentro, preparó la comida de War Lord y, cuando terminó y oyó el ruido de un motor que se ponía en marcha, salió y vio a Joe comprobando el motor hidráulico de un tractor.

A su lado, Melissa lo miraba mordiéndose el labio inferior.

¿No iría a vender el tractor? Todos los que tenían tierras sabían que hacía falta un tractor para hacer el trabajo duro en el campo.

Whit se repitió que lo que Melissa hiciera no era asunto suyo. Estaba terminando de guardar la avena cuando el motor se paró y no pudo evitar oír la conversación.

—Te doy cinco mil dólares —dijo Joe.

Whit dejó el cubo en el suelo y se acercó a ellos.

—Hola, Joe, ¿qué haces por aquí?

—Hola, Whit —contestó el hombre tocándose el sombrero—. He venido a echarle un vistazo al tractor que la señora Jacobs quiere vender.

Whit miró a Melissa.

—No sabía que querías vender el tractor.

—Bueno...

—¿Te importa que le eche un vistazo?

Sin esperar su contestación, Whit dio una vuelta alrededor de la máquina, le dio una patada a uno de los neumáticos y se agachó para mirar el motor.

—Te doy siete mil.

—Un momento —se indignó Joe—. Yo acabo de comprar el tractor por cinco mil.

—¿Te ha pagado? —le preguntó Whit a Melissa.

—No —contestó ella algo confusa.

–Entonces, el tractor sigue en venta y yo ofrezco siete mil dólares.

Joe se quedó mirando Whit.

–Siete mil quinientos y es mi última oferta.

–Yo ofrezco ocho mil y, si no estás dispuesto a ofrecer más, el tractor es mío.

Joe miró a Whit enfurecido.

–Malditos Tanner –se indignó–. Siempre tirando el dinero. Tendría que haber una ley que prohibiera que existiera gente como vosotros –añadió alejándose.

–¿Por qué has hecho eso? –le preguntó Melissa a Whit una vez a solas.

–¿A qué te refieres?

–Por tu culpa, no voy a poder venderle nada más –le espetó Melissa furiosa.

–¡Te estaba robando! Aunque ese tractor es viejo, vale mucho más de cinco mil dólares.

–Vale lo que una persona esté dispuesta a pagarte por él y él me daba cinco mil dólares.

–Y yo te doy ocho mil.

–Pero yo no quiero venderte el tractor a ti.

Whit se quedó mirándola perplejo.

–¿Y se puede saber por qué no?

–Porque tú no necesitas un tractor.

–¿Quién dice eso?

–¿Tienes un tractor?

–Acabo de comprar uno.

–Antes de comprar el mío.

–Sí –admitió Whit.

–A eso me refería –dijo Melissa saliendo de la cuadra.

Whit la siguió.

–¿Y a ti que más te da que yo tenga veinte tractores? Me puedo comprar todos los tractores que me dé la gana.

Melissa se paró en seco y se giró hacia él.

–No quiero tu compasión, Whit –le espetó intentando poner en marcha la segadora.

Al hacerlo, la cuerda de la que tiraba se rompió y, de repente, Melissa dejó caer la cabeza entre las manos y se puso a llorar.

Whit no supo si ofrecerle un pañuelo o salir corriendo. No quería tenerle lástima, pero ¿cómo evitarlo cuando era obvio que las cosas le iban de mal en peor?

–No llores –suspiró ofreciéndole un pañuelo–. Ya te arreglaré la segadora.

–No es la segadora –contestó Melissa–. ¡Es todo! La bomba del pozo no funciona bien y a Grady le toca ir al dentista. Se está quedando sin ropa y no le puedo comprar más porque tengo que pagar el seguro, que me ha llamado esta mañana para recordarme que tengo que pagar la póliza antes del viernes y no puedo con los impuestos y...

Llegados a aquel punto, se dio cuenta de la hora que era y salió corriendo.

–Tengo que ir a buscar al niño al colegio –se excusó.

Dentista, ropa, seguro, impuestos, comida.

Mientras Whit metía a War Lord en la cuadra, no podía dejar de pensar en los problemas que Melissa había compartido con él sin querer.

Whit estaba muy acostumbrado a oír a una mujer preocuparse por aquellas cosas porque se lo había oído a su madre cuando su padre los había abandonado.

Recordó cómo de pequeño, cuando su madre lo creía dormido, lloraba en su habitación. A pesar de que era muy pequeño, Whit sabía entonces que no era porque se sintiera sola sino porque no tenía dinero.

Al final, había conseguido salir adelante trabajando sin parar, ocupándose de la casa y de él lo mejor que podía.

Su madre lo había hecho todo sola.

Jamás se había quejado, pero, a medida que había ido creciendo, Whit había asumido aquellas responsabilidades y se había echado aquel peso a la espalda.

Cuando tuvo la edad suficiente, se encargó del jardín, de las reparaciones de la casa, de la fontanería y de todo lo que podía ahorrarle dinero a su madre.

Incluso le había arreglado el coche un par de veces.

La necesidad lo había vuelto muy astuto e ingenioso.

Estaba oscureciendo y, al acercarse a la casa, vio que la segadora seguía allí. Whit sabía que con las herramientas apropiadas sería capaz de arreglarla. Con un poco de tiempo, seguramente también sería capaz de arreglar la bomba del pozo.

Sin embargo, los otros problemas de los que Melissa le había hablado no se arreglaban con destornilladores y martillos sino con dinero.

Whit no era un hombre rico, ni mucho menos, pero supuso que podía prestarle el dinero para el dentista, la ropa y la póliza de seguro.

En cuanto a los impuestos de contribución de la casa, tampoco creía que fuera a tener ningún problema.

Sin embargo, estaba casi seguro de que Melissa no aceptaría su dinero.

Whit se dirigió hacia la casa dispuesto a arreglarle, por lo menos, la segadora y la bomba del pozo aunque para ello llegara tarde a su rancho y tuviera que hacer sus cosas de noche.

Claro que todo tenía su parte positiva porque, así, no se tendría que meter en la cama y dar vueltas, que era lo que le había estado ocurriendo desde que Melissa había vuelto a aparecer en su vida.

Una vez en el pueblo, Melissa paró en el supermercado para comprar leche y se pasó por la biblioteca para pedir prestados unos libros para Grady.

Ninguno de los recados era urgente, pero se tomó su tiempo en hacerlos porque quería que Whit se hubiera ido cuando ella volviera a casa.

La idea de volver a verlo después de haberse derrumbado delante de él aquella tarde hacía que se muriera de vergüenza.

Gracias a que su hijo tardó casi una hora en elegir los cuentos que quería leer, eran casi las cinco cuando llegaron a casa.

Al comprobar que la furgoneta de Whit seguía aparcada junto a la cuadra, suspiró decepcionada.

—¿Qué hace Whit segando el jardín? —rió Grady.

Melissa miró hacia la casa y comprobó sorprendida que Whit estaba segando el césped sin camisa.

—Tiene muchos músculos —comentó el niño emocionado.

Melissa intentaba no fijarse en que Whit se había quitado la camiseta, pero era imposible.

—Seguro que es más fuerte que Superman —insistió Grady.

Melissa también estaba segura.

Aunque Superman era producto de la imaginación de un artista, ella sabía por experiencia que los músculos de Whit se debían al trabajo físico duro.

Pensando en ello, aparcó el coche y paró el motor.

—¿Puedo jugar con Champ? —preguntó Grady.

Melissa asintió distraída.

—¡Estupendo! —gritó el niño bajándose del coche.

51

–Pero ocúpate de tus libros –le recordó su madre.

Grady abrió la puerta de atrás del vehículo y agarró una bolsa.

–¡Hola, Whit! –gritó corriendo por el césped.

Whit lo saludó con la mano en alto, pero no dejó de segar. Cuando terminó, se dirigió al garaje a guardar la segadora.

Al salir, se encontró con Grady jugando con su perro. Se había puesto la camisa, pero no se la había abrochado y la brisa de la tarde movía la tela a sus espaldas.

Al verlo, Melissa no pudo evitar pensar en otra calurosa tarde de verano en la que, ansiosa por estar con él, había preparado un picnic y se había encaminado al rancho de los Tanner.

Lo había encontrado subido en un tractor, arando sin camisa. Al verla, Whit se había puesto la camisa, pero no se la había abrochado y había bajado del vehículo para abrazarla.

Melissa había dejado la cesta de picnic en el suelo y había corrido a sus brazos. Recordaba el olor de su piel, el calor que el sol le había imprimido y el sabor de sus labios.

Al instante, sintió otro tipo de calor en el bajo vientre. No tardó mucho en reconocer la sensación.

¿Cuánto tiempo hacía que no sentía deseo? ¿Meses? ¿Años? ¿Acaso había deseado alguna vez a un hombre con sólo verlo?

«Sí», pensó Melissa tragando saliva.

Al mismo que tenía delante en aquellos momentos.

Como si sintiera que lo estaba observando, Whit se giró hacia ella. Aunque estaban separados por unos cuantos metros, la mirada de Whit acarició sus mejillas, sus labios y sus pechos.

–¡Mira, mamá!

Sorprendida por la voz de su hijo, Melissa desvió la mirada y se fijó en cómo Champ agarraba al aire una pelota que Grady le había lanzado y la volvía a dejar a sus pies.

Aquello hizo sonreír a Melissa.

–Muy bien, cariño –le dijo.

Mientras su hijo se agachaba para recoger la pelota y volvérsela a lanzar al perro, Melissa volvió la mirada Whit y comprobó que él seguía mirándola.

El sol le daba en la espalda, así que su rostro estaba en sombra y a Melissa le resultaba imposible ver su expresión o intentar dilucidar sus pensamientos.

¿Estaría recordando también aquel día en el campo?

Furiosa consigo misma porque le importara lo que aquel hombre pudiera pensar, apartó la mirada y se dirigió la casa.

–Vamos, Grady, hay que cenar.

–¿Se va a quedar a cenar Whit? –preguntó el niño sin dejar de jugar con su perro.

Melissa se paró en seco.

–Supongo que Whit tendrá otros planes –contestó confusa.

–Lo cierto es que no –contestó el aludido.

Irritada porque no hubiera aprovechado la oportunidad que le había brindado para no quedarse a cenar, Melissa se giró hacia él y sonrió forzadamente.

–Entonces, espero que te gusten las judías con arroz porque es lo que hay –le espetó.

Por cómo estaba acuchillando Melissa a las judías que tenía en el plato, Whit supuso que se estaba imaginando que la cuchara era un dardo y las judías una muñeca de vudú con su cara.

Era obvio que no le había hecho ninguna gracia que se quedara a cenar con ellos.

Peor para ella.

Durante las dos horas en las que había estado segando el césped, Whit había tenido mucho tiempo para pensar y había pensado mucho en la situación financiera de Melissa, que parecía que era peor de lo que él había creído en un primer momento.

Al final, había decidido que sólo había una manera de averiguado: preguntárselo directamente.

Por eso había aceptado la invitación de Grady para quedarse a cenar.

Por desgracia, la única persona interesada en hablar con él en aquella mesa era el niño. Melissa no había abierto la boca en toda la cena, así que Grady y él habían hablado de todo, desde béisbol hasta la horrible comida que servían en el colegio.

En aquel momento, estaban hablando de perros.

–Champ es de mamá –dijo Grady–. Pero yo voy a tener un perro mío, ¿verdad, mamá?

–Algún día –contestó su madre sin levantar la vista del plato.

–¿Tú tienes perro? –le preguntó Grady a Whit.

–Sí, tengo dos, un pastor alemán y un chucho.

–¿Y cómo se llaman?

–El pastor alemán se llama Jocko y el chucho se llama Chucho –contestó Whit.

–¿Chucho? –repitió Grady riendo–. Menudo nombre para un perro.

Whit se encogió de hombros.

–A él le gusta. En cualquier caso, mientras le dé de comer yo creo que lo podría llamar de cualquier forma, a él no le importa.

–Yo me encargo de dar de comer a Champ –lo informó Grady–. Es una de las cosas que tengo que hacer.

–Hablando de cosas que tienes que hacer, tendrías que subir ahora mismo a tu habitación a recoger –intervino Melissa poniéndose en pie y dando la cena por concluida.

–Mama –protestó el niño–. Mi habitación está recogida.

–Eso es lo que tú te crees –insistió su madre dejando su plato en el fregadero.

Whit se puso también en pie y recogió sus cosas.

–Me apuesto el cuello a que tardas más de media hora en recoger tu habitación –le dijo al niño guiñándole un ojo.

Grady se puso de pie de un salto.

–¿A que no? –gritó subiendo las escaleras a toda velocidad.

Whit sonrió y comenzó a recoger la mesa.

–No hace falta que me ayudes –le dijo Melissa–. Supongo que tendrás un montón de cosas que hacer al llegar a casa.

–Sí –contestó Whit–, pero has preparado tú la cena y lo mínimo que puedo hacer es fregar los platos.

–Ya has segado el césped –le recordó Melissa.

Aquello era lo que Whit estaba esperando.

–¿Cómo está de mal la situación? –le preguntó mientras fregaba los platos.

–No es para tanto –contestó Melissa secando un vaso–. Sólo ha dejado unos cuantos juguetes por el suelo y tiene que colgar un par de pantalones –añadió encogiéndose de hombros–. No creo que tarde más de un cuarto de hora.

Whit la agarró de la mano y Melissa lo miró a los ojos.

–No te preguntaba por la habitación de Grady –le dijo–. Lo que me preocupa es tu situación económica.

Melissa apretó la mandíbula y apartó la mano.

–No creo que mi situación económica sea asunto tuyo.

–Sí lo es y me voy a enterar de todas maneras, pero prefiero que me lo cuentes tú.

Melissa dudó un momento.

–Fuera –le dijo irritada abriendo la puerta trasera de la cocina–. No quiero que mi hijo se entere de esto.

Capítulo Cuatro

Melissa no se paró hasta llegar a la mitad del jardín, donde obviamente ella creía que Grady no los oiría.

En aquel lugar, se giró hacia Whit y él se dio cuenta de que estaba realmente furiosa.

–Te voy a contar lo que quieres saber, pero no quiero que salga de aquí –le advirtió–. No quiero que mi hijo tenga que oír cotilleos en el pueblo.

–Muy bien –accedió Whit a pesar de que le parecía poco probable que el niño no oyera nada teniendo en cuenta que todo el mundo parecía saber que Matt la había dejado hasta arriba de deudas.

–Dos meses antes de morir, Matt firmó un préstamo de trescientos sesenta y ocho mil dólares y para ello hipotecó la granja durante quince años.

A Whit lo sorprendió la cifra, pero consiguió disimular.

–Eso quiere decir que tienes que pagar al mes casi cuatro mil dólares –calculó rápidamente.

Melissa asintió.

–¡Maldita sea! –se lamentó Whit–. ¿Por qué dejaste que hipotecara la casa? Los dos sabemos que Matt era un desastre a la hora de administrar el dinero.

–Yo no tuve que dejar que hiciera nada porque te recuerdo que esta casa era suya y no mía –contestó Melissa molesta.

–Sí, pero ahora es tuya y con una hipoteca encima. En cualquier caso, ¿para qué necesitaba tanto dinero? Desde luego, no fue para comprar ganado porque aquí no hay ni un solo animal.

–No, no fue para invertir en el rancho –contestó Melissa–. Ya sabes que a Matt nunca le interesó demasiado eso.

–¿Entonces?

–Pidió el préstamo para pagar sus deudas de juego.

–¿Cómo? No me lo puedo creer. Matt no jugaba. Le gustaba echar una partida de póquer de vez en cuando con los amigos, pero nada más.

–Supongo que así empezaría, pero llegó a tener verdaderos problemas con el juego. Se hizo compulsivo y perdió mucho dinero –le explicó Melissa.

Aunque a Whit le hubiera gustado que Melissa le contara más detalles sobre esa faceta de su amigo que desconocía, se dijo que aquello no era lo más importante en aquellos momentos.

En aquellos momentos, lo más importante

era ayudar a Melissa, sacarla del caos en el que su marido la había dejado sumida.

Whit se pasó la mano por la nuca y dio unos cuantos pasos al frente, intentando dilucidar de dónde podría sacar dinero Melissa.

—¿Y el seguro de vida? —preguntó yendo primero a lo más obvio.

—Matt no tenía seguro de vida.

—¿Cómo? ¿Estando casado y teniendo un hijo no tenía seguro de vida? —exclamó Whit sorprendido.

—Siempre cuidó bien de nosotros y, si siguiera aquí, seguiría haciéndolo —contestó Melissa.

—No me lo puedo creer. Te deja hipotecada hasta las cejas y, encima, lo defiendes.

—Matt tenía sus defectos, pero estuvo allí cuando lo necesité, no como...

—¿No como quién? —quiso saber Whit frunciendo el ceño.

—No como nadie —contestó Melissa—. Ya da igual —añadió dirigiéndose a la casa—. Tengo que entrar para ver qué hace Grady.

Whit se quedó mirándola y se dio cuenta de que tenía muchas preguntas que hacerle.

—Espera —le dijo yendo tras ella.

—¿Qué quieres? —contestó Melissa girándose hacia él.

—Te he prometido que no voy a decir nada de esto, pero hay mucha gente del pueblo que sabe que Matt te dejó en una mala situación financiera. Quiero que sepas que a mí ya me lo han dicho varias personas.

—Sé que la gente está hablando de nosotros.

—Te lo digo porque no quiero que creas que, si algún día tu hijo tiene la mala suerte de oír algo de esto, he sido yo el que se lo ha dicho.

—Mi hijo sabe que ahora mismo no tenemos mucho dinero, pero no sabe por qué.

Whit frunció el ceño.

—¿Me estás diciendo que nadie sabía que Matt tenía problemas de juego?

—Sólo la persona que le prestó el dinero y yo.

—¿No pidió el préstamo al banco?

—No.

—Pero no hay nadie por aquí que pueda prestar ese dinero. Nadie excepto...

—Mike Grady —concluyó Melissa—. Efectivamente. Mi padre es la única persona de por aquí con la liquidez suficiente como para hacer ese préstamo.

Desde luego, la situación de Melissa era realmente mala.

Estaba de rodillas en el cadalso, con la guillotina sobre su cuello, y su padre podía soltar la hoja en cualquier momento.

Whit no dudaba que Mike Grady fuera capaz de dejarla caer porque aquel hombre era frío y calculador, no tenía escrúpulos ni corazón y utilizaba el dinero y el poder para controlar a los que tenía a su alrededor.

Incluida su hija.

Ahora Whit entendía por qué Melissa no había acudido a su padre en busca de ayuda. Si lo hubiera hecho, seguramente Mike le habría perdonado la deuda, pero tendría que haber pagado un precio.

Arrodillarse ante él.

Aquello fue lo que hizo que Whit no pudiera dormir aquella noche.

Whit era consciente de que, vendiendo las cosas que tenía, Melissa podría ir tirando de momento, pero no iba a ser suficiente ni de lejos para pagar la deuda que Matt le había dejado.

Por lo que le había dicho, confiaba en que War Lord la sacara del apuro, pero Whit sabía que eso no iba a ser así porque, a pesar de que aquel caballo era muy valioso, tenía un genio endiablado que hacía que no valiera nada.

Whit suspiró y decidió que iba a tener que hablar con ella para explicarle la situación y que no se hiciera demasiadas ilusiones con el caballo.

Claro que, tal y como estaban las cosas, lo más probable era que Melissa lo detestara todavía más.

A la mañana siguiente, Whit pasó de largo las cuadras y se dirigió directamente al estudio, donde sabía que encontraría a Melissa.

Llevaba unas semanas trabajando en su casa

y conocía su rutina lo suficiente como para saber que allí era donde se encerraba todas las mañanas después de haber llevado a Grady al colegio.

Aunque sabía que advertirle de lo que pasaba con War Lord era lo que debía hacer, cuando se encontró ante la puerta de su estudio, comprobó que le sudaban las manos y que tenía un nudo en la boca del estómago.

Aunque la puerta estaba abierta, tocó con los nudillos porque no quería asustarla como la primera vez.

Melissa estaba inclinada sobre una caja y, al verlo, se incorporó.

–¿Ocurre algo?

Whit se quitó el sombrero y entró.

–No –contestó–. Bueno, espero que no –se corrigió Whit jugando nervioso con el sombrero mientras intentaba dilucidar la manera menos ruda de darle la noticia–. Tenemos que hablar de War Lord –anunció.

Melissa palideció.

–Por favor, no me digas que lo vas a dejar.

Whit negó con la cabeza.

–No, voy a terminar el trabajo que he comenzado, pero quiero que sepas que, si crees que la venta de ese caballo va a ser suficiente como para pagar el crédito de Matt, estás muy equivocada. Tiene muy buen pedigrí, de eso no hay duda, y también es rápido, pero, aunque consiguiera domarlo, nadie te va a dar los trescientos mil que necesitas.

Melissa soltó el aire que había estado aguantando.

Parecía aliviada.

–Eso ya lo sé –le dijo–, pero lo que me van a pagar por él me permitirá respirar durante un tiempo.

–¿Cómo sabes lo que te van a pagar por él?

–He investigado –contestó Melissa–. He estado mirando por cuánto dinero se han vendido los demás potros hijos de su padre y de su madre. De media, todos han alcanzado más de cien mil dólares –le explicó sin dejar de trabajar–. Aunque War Lord no llegue a la media, es una buena cantidad y nos permitirá vivir a mi hijo y a mí hasta que mi negocio crezca lo suficiente como para podernos mantener.

Whit se quedó mirando las cajas que había por el estudio y los extraños elementos de decoración que había junto a ellas y se preguntó cómo demonios creía Melissa que iba a poder sobrevivir vendiendo cosas que parecían basura.

Entonces, recordó que Macy le había contado que le quitaban sus creaciones de las manos.

Pero lo hacía ella sola.

Era imposible que fuera capaz de hacer suficientes objetos como para mantenerse a sí misma y al niño.

En cualquier caso, decidió no decirle nada, no fuera a ser que Melissa se lo tomara como un insulto.

Al ver que Melissa se disponía a mover una caja, Whit se apresuró a ponerse el sombrero y a ofrecerle su ayuda.

–Deja, ya me ocupo yo.

–Puedo hacerlo yo –contestó Melissa dándole la espalda.

Pero Whit ya había agarrado la caja del otro lado y, al final, Melissa tuvo que ceder.

–Muy bien –suspiró–. Ponla allí con las demás –le indicó señalando una estantería.

–¿Adónde las vas a llevar? –quiso saber Whit.

–Hay una feria de antigüedades y artesanía en el centro comercial de Barton Creek en Austin mañana y he alquilado un puesto –contestó Melissa.

–Si necesitas dinero...

–No –lo interrumpió Melissa–. No quiero tu dinero.

Whit apretó la mandíbula.

–No se trata de si lo quieres o no sino de si lo necesitas. Si es así, da la casualidad de que yo te lo puedo prestar.

–No pienso pedirle dinero a nadie. Matt ya lo hizo y mira a lo que nos ha conducido.

–Entonces, considéralo un regalo –le ofreció Whit–. Lo cierto es que me harías un favor si lo aceptaras porque, al final, me voy a acabar comprando otro caballo y no lo necesito.

–No, Whit.

–Está bien, pero, si cambias de opinión, dímelo y el dinero es tuyo –contestó Whit yendo hacia la puerta.

–¿Whit?

–Dime.

A Melissa le temblaron los labios al sonreírle por primera vez en siete años.

–Gracias. Matt tenía suerte de tener un amigo como tú.

Whit se dirigió a las cuadras y, una vez allí, se dispuso a dar de comer a War Lord. Al descolgar el cubo para medir la avena del clavo donde lo tenía colocado, oyó un leve movimiento sobre su cabeza, se paró y se quedó escuchando.

«Ratones», decidió pensando que tenía que decirle a Melissa que tenía que hacerse con un gato.

Continuó hasta la cuadra de War Lord y le dio de comer. Al volver hacia el clavo para dejar el cubo, le cayó polvo y paja sobre el sombrero.

Whit frunció el ceño y miró hacia arriba. Dejó el cubo en su sitio y, apoyándose en la escalera vertical, se asomó al piso de arriba.

Una vez allí, miró a su alrededor pero no vio ni rastro de ratones. Sin embargo, lo que vio lo hizo sonreír.

Al fondo, entre dos balas de heno, asomaban dos suelas pequeñas y Whit se dio cuenta de que era Grady.

–Hola, Whit –le dijo el niño al verlo.

–Hola –contestó Whit–. ¿Qué haces aquí escondido?

Grady se llevó un dedo a los labios.

–Shh –le dijo–. No quiero que mamá me encuentre.

–¿No te ha dicho tu madre muchas veces que no puedes venir a las cuadras solo?

–Sí, pero pretende que la acompañe a Austin, a esa feria tan aburrida, así que he decidido esconderme para no tener que ir.

–¿De verdad crees que tu madre se iría sin ti?

–No sé –contestó el niño–. Me ha dicho que era muy importante y que no podía llegar tarde.

–¿Has oído eso? –dijo Whit–. Me parece que tu madre viene hacia aquí –le dijo ofreciéndole una mano–. Venga, vaquero, ha llegado el momento de hacer frente a la situación.

Grady dejó que Whit lo sacara de detrás de las balas de heno.

–¿Crees que se habrá enfadado conmigo? –preguntó nervioso.

Whit se hizo a un lado para que Grady bajara primero.

–Supongo que sí.

Grady lo miró apesadumbrado y bajó las escaleras. Whit lo siguió. En el piso de abajo, Grady lo tomó de la mano y lo miró a los ojos.

–¿Vienes conmigo? A lo mejor, no me grita tanto si estás tú delante.

Aquella manita hizo que a Whit se le removiera algo en el pecho.

–Está bien –contestó–. Tú primero, vaquero.

Una vez fuera, el niño se paró en seco.

–Oh-oh, ahí está mamá –comentó.

Whit ya había visto a Melissa, que iba hacia las cuadras muy preocupada.

–Grady Jacobs –lo reprendió al verlos–. ¿Dónde estabas? Llevo un buen rato buscándote.

El niño se apretó contra Whit.

–No quiero ir a Austin –contestó.

–Pues lo siento mucho, pero tienes que venir –contestó su madre exasperada–. Venga, ya llegamos tarde.

Grady se escondió detrás de Whit.

–Por favor, mamá. ¿No me puedo quedar con Whit? Prometo portarme bien.

–Voy a estar fuera todo el día –le contestó su madre con impaciencia–. Y Whit se habrá ido antes de que nosotros hayamos vuelto, así que venga, vamos.

–Lo cierto es que me podría echar una mano –intervino Whit guiñándole un ojo al niño–. Necesito un ayudante para abrir la puerta de la cuadra.

Grady lo miró con los ojos muy abiertos.

–Por favor, mamá, por favor –imploró.

–No te preocupes –le dijo Whit a Melissa–. Lo tendré vigilado.

–No sé –dudó ella–. Le vas a tener que dar de comer y de cenar y ya te puedes ir preparando para cuando se canse porque cuando se cansa se pone de lo más pesado.

–Ya tomaremos algo de comer en el pueblo y, si se cansa, puede echarse la siesta en mi casa.

Melissa se mordió el labio inferior y los miró a los dos.

—Está bien —concedió sacando un papel y un bolígrafo del bolso—. Aquí tienes el número de mi teléfono móvil por si pasa algo —añadió entregándoselo a Whit.

—¿Quieres recogerlo en mi casa o prefieres que te lo traiga yo? —preguntó Whit.

Melissa dudó un momento y, al final, le entregó a Whit una llave.

—Supongo que es mejor que lo traigas tú a casa porque, así, si yo llego tarde, podrá meterse en la cama.

—Esta hamburguesa está muy rica —se relamió Grady.

—Sí, la señora Leonard hace las mejores hamburguesas del mundo —contestó Whit tomándose la suya.

—¿Ahora vamos a tu casa?

—Sí, pero primero tengo que parar en la tienda de mi hermano para recoger unas cosas.

—¿Tienes un hermano?

—Para ser exactos, tengo cuatro.

—Vaya —exclamó Grady—. Tienes un montón de hermanos.

—Sí —rió Whit.

El niño dio un buen trago al batido de chocolate.

—Yo no tengo hermanos ni hermanas. Una vez, le pregunté a mamá si podríamos tener uno y me dijo que no estaba escrito en las estrellas –le dijo a Whit mirándolo con curiosidad–. ¿Qué tienen que ver las estrellas con tener un hermanito?

–Supongo que lo que tu madre te quiso decir es que no estaba previsto que tuvieras hermanos.

–¿Algo así como que Dios no quiere que los tenga?

–Algo así –contestó Whit pagando–. ¿Has terminado?

–Sí –contestó el niño.

Una vez en la calle, Grady volvió a agarrar a Whit de la mano y Whit volvió a tener una extraña sensación en el pecho.

–¿Cómo se llaman tus hermanos? –quiso saber Grady mientras iban andando hacia la tienda de Rory.

–El mayor se llama Ace –contestó Whit–. Luego va Woodrow, el tercero se llama Ry y el pequeño es Rory, que es el dueño de la tienda a la que vamos ahora.

–¿Es más pequeño que tú?

–No, la verdad es que tiene casi un año más que yo.

–Entonces, ¿por qué has dicho que es el pequeño?

–Porque es el más pequeño de ellos cuatro –le explicó Whit–. La verdad es que no son mis hermanos sino mis hermanastros.

–¿Y eso qué es?

–Verás, mi madre se casó con su padre y su

70

padre me adoptó. Por eso, yo también me apellido Tanner.

–¿Y antes de eso, cómo te apellidabas?

–Grainger.

–Ah –contestó el niño quedándose pensativo–. ¿Tienes hijos? –le preguntó de repente.

–No –contestó Whit riéndose.

–Qué pena.

–¿Por qué?

–Porque, si los tuvieras, te podrías casar con mi madre y, así, yo también tendría hermanastros.

–Sí, una pena –dijo Whit abriendo la puerta de la tienda.

–Vaya, vaya, vaya –dijo Rory al verlos entrar–. Mira quién ha llegado. Pero si es mi hermano Whit. ¿Y quién es el pequeño que te acompaña?

–No soy tan pequeño –contestó Grady.

–Ten cuidado –le advirtió Whit a su hermano–. No le gusta nada que hablen de su estatura.

–No lo he dicho con mala intención –le dijo Rory al niño–. ¿Cómo te llamas?

–Grady Jacobs –contestó Grady.

–¿Eres el hijo de Melissa? –se sorprendió Rory.

Whit asintió.

–¿Sabes que mi padre y el padre de tu madre eran amigos? –le dijo Rory al niño.

–El padre de mi madre no me cae bien. El abuelo Mike es malo –contestó Grady.

Aquello hizo que Rory se riera.

–Qué niño más listo –comentó–. ¿Qué querías? –le preguntó a su hermano.

–He venido para ver si había llegado la brida que encargué –contestó Whit sin quitarle el ojo de encima a Grady, que estaba mirando las botas.

–No, todavía no ha llegado, pero mañana llega otro cargamento, así que, en cuanto llegue, te aviso.

–Muy bien –contestó Whit.

Entonces, recordó que Melissa le había contado que no tenía dinero para comprarle ropa a Grady.

–¿Tienes botas de su talla? –le preguntó a su hermano.

–Tengo botas, pantalones vaqueros, camisetas y todo lo que quieras.

–¿Y sombreros? –quiso saber Whit–. También quiero un cinturón y que le grabéis su nombre en la hebilla.

Al llegar a casa, agotada después de haber estado todo el día de pie en el puesto de artesanía, Melissa comprobó aliviada que la furgoneta de Whit estaba allí.

Al bajarse del coche, vio que sólo había dos luces encendidas, la de la cocina y la del salón.

Ansiosa por comprobar si todo había ido bien en su ausencia, entró por la puerta de atrás.

Lo cierto era que esperaba encontrar la cocina hecha un caos, pero todo estaba recogido y limpio.

Se oía la televisión al fondo, así que fue hacia allí y se encontró a Whit y a Grady completamente dormidos.

Al ver que su hijo estaba tumbado en el regazo de Whit, que Whit lo tenía agarrado con un brazo y que los dos parecían estar perfectamente cómodos y a gusto, Melissa sintió unas terribles ganas de llorar.

Se acercó silenciosamente y se quedó mirándolos.

Grady llevaba puesto su pijama de Scooby-Doo y parecía que Whit lo había bañado. Whit llevaba puesta la misma ropa que aquella mañana, pero se había quitado las botas, que estaban junto al sofá.

–Whit –murmuró tocándole el hombro suavemente.

Whit abrió los ojos confuso, como si no supiera dónde estaba.

Melissa sonrió.

–Venga, dame al niño, que lo voy a acostar.

–No, ya lo hago yo –contestó Whit poniéndose en pie y tomando a Grady en brazos–. Ve tú delante, que yo no me sé el camino.

Melissa subió las escaleras y abrió la puerta de la habitación de Grady, encendió la luz de la lámpara y retiró las sábanas.

A continuación, se hizo a un lado para que Whit pudiera meter al niño en la cama. Grady se hizo un ovillo, suspiró y siguió durmiendo.

Melissa sonrió con ternura, tapó a su hijo, le dio un beso en la frente y, cuando iba a apagar la luz, vio un montón de ropa que no conocía en el suelo.

Miró a Whit y enarcó una ceja.

Whit se encogió de hombros.

—Hemos pasado por la tienda de Rory y le he comprado unas cuantas cosas —le explicó.

No sabiendo cómo corresponder a su gratitud, Melissa apagó la luz y bajó las escaleras.

—Espero que no te haya pedido él que se las compraras.

—No, ha sido idea mía —contestó Whit poniéndose las botas—. Pensé que, si iba a hacer hoy de vaquero conmigo, tenía que ir bien vestido —le explicó—. Y, sí, me ha dado las gracias —concluyó antes de que a Melissa le diera tiempo de preguntar.

—Yo también te las doy —sonrió ella—. Has sido muy amable.

—De nada —contestó Whit metiéndose la camisa por el pantalón.

Aquel gesto tan sencillo y tan masculino hizo que el deseo se apoderara de Melissa, que, para disimular, se agachó a recoger un juguete de su hijo del suelo.

—¿Qué tal la feria? —preguntó Whit.

—Muy cansada, pero ha merecido la pena porque he vendido mucho.

Whit se quedó mirándola mientras le daba vueltas al sombrero en las manos. Era como si no se quisiera ir, y a Melissa le ocurría lo mismo.

–¿Quieres tomar algo? –le preguntó–. He hecho limonada esta mañana.

Whit dudó un momento, como si fuera a aceptar la invitación, pero negó con la cabeza.

–No, has tenido un día muy largo y supongo que estarás deseando meterte en la cama, así que nos vemos mañana –le dijo yendo hacia la puerta.

Melissa no sabía por qué, pero no quería que se fuera, así que lo siguió.

–¿Whit?

Whit se giró hacia ella tan rápidamente que Melissa tuvo que dar un paso atrás para no chocarse con él.

Entonces, sus ojos se encontraron y Melissa creyó morir.

–Yo...

Whit se inclinó sobre ella y la besó y Melissa sintió que los ojos se le llenaban de lágrimas porque había olvidado lo tierno que podía ser un beso.

Aunque no había sido aquélla su intención al seguirlo a la puerta, Melissa se dio cuenta de cuánto había deseado que la besara.

Como si se diera cuenta de aquella necesidad, Whit la abrazó con fuerza de la cintura y la apretó contra su cuerpo.

Al instante, Melissa sintió que el calor se apoderaba de ella y lo besó con pasión. Cuando Whit se apartó, vio que a Melissa se le había escapado una lágrima.

–Lo siento –murmuró–. No ha sido mi intención disgustarte.

–No, no me has disgustado –contestó Melissa–. Es que...

Melissa bajó la mirada hacia el suelo, incapaz de decirle que aquellas lágrimas eran de alegría.

–Gracias por haber cuidado hoy de Grady –sonrió.

–De nada.

Se hizo el silencio entre ellos.

–Bueno, me voy –anunció Whit.

–Muy bien –contestó Melissa.

–Cierra bien la puerta.

–Sí.

Y Whit se fue.

Melissa se quedó mirando la puerta cerrada, luchando contra sí misma para no salir corriendo detrás de él.

Capítulo Cinco

Whit estaba tumbado sobre el capó de su furgoneta, con la espalda apoyada en el parabrisas y las manos entrelazadas detrás de la nuca.

Estaba mirando al cielo. La noche estaba despejada y las estrellas brillaban con luz propia. Brillaban tanto que Whit estaba seguro de que, si alargaba la mano, podría agarrar unas cuantas.

Aunque estaba agotado y tenía la cama a pocos metros, no quería ir a casa pues tenía muchas cosas en las que pensar.

No se podía creer que hubiera besado a Melissa, no sabía qué le había ocurrido para hacer semejante locura.

Estaba ya casi llegando a la puerta y la habría atravesado si ella no lo hubiera llamado. Pero no había sido su voz lo que lo había llevado a besarla sino sentir su mano en el pecho y ver aquella mirada expectante en sus ojos.

Le hubiera gustado poder decir que estaba loco, jurado sobre la Biblia que no había querido besarla, pero no era cierto.

La verdad era que llevaba queriendo besarla

desde que la había vuelto a ver, pero no se había dado cuenta hasta que sus labios se habían encontrado.

Ahora, no podía dejar de pensar en volver a besarla y, lo que era todavía peor, sus pensamientos iban mucho más allá de los besos.

Quería acariciarla y verla arquear la espalda de placer, tenerla entre sus brazos mientras alcanzaba el orgasmo y dormir a su lado.

Y eso sí que era de locos.

Llevaba siete años despreciándola por lo que le había hecho.

¿Qué persona en su sano juicio volvería a exponerse a un dolor así?

«Ése es el problema», pensó.

Loco o no, ya estaba pensando en cómo estar con ella a solas de nuevo, imaginando las mil y una maneras de darle placer y de obtenerlo a cambio.

¿Lo único que quería de Melissa era sexo?

Teniendo en cuenta lo que estaba pensando, era una posibilidad, pero Whit lo dudaba seriamente porque el sexo nunca había sido una prioridad para él.

Había pasado meses sin probarlo y podría volver a hacerlo si fuera necesario.

Melissa había respondido a su beso, eso no habían sido imaginaciones suyas. Whit había sentido sus labios, sus dedos desesperados aferrándose a el, había saboreado su necesidad, sentido el calor de su cuerpo.

Se dijo que tenía que actuar con lentitud,

que no podía entrar a la carga como un toro porque no quería mantener una relación con ella.

Tenía que actuar con calma, averiguar qué ocurrió la última vez, que hizo que se fuera con Matt cuando le había prometido amor eterno a él.

Una vez averiguado aquello, ya vería si había futuro para ellos.

Grady cerró la puerta de atrás y entró corriendo en la cocina.

—Whit ya ha llegado —anunció con la respiración entrecortada—. Ha traído un caballo muy grande y blanco. ¿Puedo ir a la cuadra a verlo?

Melissa se secó las manos con un trapo y miró por la ventana. No podía permitir que su hijo fuera a la cuadra solo porque eso sería establecer un precedente del que se aprovecharía Grady en el futuro.

Sin embargo, la idea de ir con él y volver a ver a Whit la atemorizaba. Se había pasado la mitad de la noche recordando el beso y la otra mitad soñando con él.

—¿Para qué ha traído otro caballo? —le preguntó a su hijo.

—No lo sé —contestó el niño—. Venga, vamos, ¿puedo ir a verlo?

Melissa dejó el trapo de cocina sobre la mesa y suspiró resignada.

—Está bien, pero voy contigo —contestó.

Grady la tomó de la mano y la sacó de la cocina a toda velocidad. Para cuando llegaron a la cuadra, Whit había colocado el camión junto a la puerta y estaba bajando de la cabina.

–¡Hola! –saludó Grady encantado.

–Hola –contestó Whit revolviéndole el pelo.

–¿Puedo acariciar al caballo?

–Claro que sí –contestó Whit tomando al niño en brazos y subiéndolo a la altura de la ventana del remolque.

Grady le acarició el hocico.

–Ten cuidado –le advirtió su madre–. Podría morderte.

Whit la miró y Melissa sintió que el calor se apoderaba de ella de pies a cabeza.

–Te aseguro que Molly no muerde –la tranquilizó Whit–. Es mansa como un corderito.

Melissa rezó para que las piernas no la traicionaran y se puso de puntillas para ver a la recién llegada.

–Madre mía. Qué… grande es.

Whit chasqueó la lengua y dejó al niño en el suelo.

–Sí, no te dé vergüenza decirlo. Es gorda y fea.

Melissa se echó hacia atrás y se mordió la lengua.

–No quería herir sus sentimientos.

–Mol sabe que está gorda como una vaca, ¿verdad, preciosa? –bromeó Whit acariciando a la yegua con cariño.

Melissa se acercó y le acarició el hocico.

80

–¿Para qué la has traído?

–Anoche se me ocurrió que, a lo mejor, lo que le pasa a tu caballo es que se encuentra solo, así que he traído a Molly para ver si lo calma. No sé si va a funcionar, pero creo que merece la pena intentarlo.

–¿Eso quiere decir que Molly se va quedar aquí? –preguntó Grady encantado.

–Durante un tiempo –contestó Whit.

–¿Y no te preocupa que War Lord pueda hacerle algo? –preguntó Melissa preocupada.

–No, Molly se sabe cuidar, te lo aseguro. Por eso la he elegido a ella –contestó Whit–. A ver, vamos a bajarla para que se conozcan –añadió con un gesto para que se hicieran a un lado.

Whit se dirigió a la parte de atrás del camión y el niño hizo amago de seguirlo, pero Melissa lo agarró y se lo impidió.

Whit abrió la puerta para que la yegua bajara por la rampa.

–Venga, Molly, abajo.

Cuando la yegua hubo bajado, le pasó una cuerda por el cuello y la colocó en el centro del redil.

–Quédate aquí –le indicó–. Quiero presentarte a un amigo.

Dicho aquello, Whit fue a buscar a War Lord. Melissa oía relinchar y cocear al caballo y rezó para que Whit supiera lo que estaba haciendo.

Whit abrió la puerta y el caballo salió moviendo la cabeza furioso y estuvo a punto de golpear a Whit en el brazo, pero se apartó a tiempo.

Al ver a Molly, War Lord se paró en seco. Echó la cabeza hacia atrás y pateó el suelo. La yegua lo miró aburrida y giró la cabeza hacia el otro lado.

Obviamente insultado, War Lord se dirigió hacia ella.

Melissa aguantó la respiración.

War Lord se acercó a Molly, dio varias vueltas a su alrededor y la olfateó. Luego, le pasó el hocico por el costado y le hizo una señal con el cuello como diciéndole «ven conmigo».

Acto seguido, trotó hasta el prado y la yegua lo siguió, pero mucho más lentamente.

Whit les hizo a Melissa y a Grady una señal con los pulgares hacia arriba.

—Me parece que se han hecho amigos —comentó acercándose al remolque.

—No me lo puedo creer —comentó Melissa sorprendida—. Creía que la iba a atacar.

—Si hubiera traído a un macho, eso es lo que habría sucedido —le explicó Whit.

—¿Puedo montar a Molly? —preguntó Grady.

—Eso depende de tu madre.

—Luego —contestó Melissa—. Ahora, tenemos que darles tiempo para que se conozcan.

—Tu madre tiene razón —dijo Whit—. Había pensado preparar una cuadra para la yegua y volver a mi casa a ocuparme de mis animales. Cuando vuelva esta tarde, si a tu madre le parece bien, podrás montarla.

–¿Te puedo ayudar con la cuadra?

Melissa miró a Whit.

–¿No te molesta?

–No, la verdad es que me van a venir bien un par de manos más –contestó Whit.

–Estupendo –exclamó el niño agarrando a Whit de la mano.

En ese momento, oyeron el motor de un coche que se acercaba y miraron hacia la carretera.

Al ver que se trataba de un Mercedes negro que iba hacia ellos a mucha velocidad, a Melissa se le hizo un nudo en el estómago.

Le entraron ganas de salir corriendo y esconderse o, por lo menos, de esconder a Whit, pero no le dio tiempo.

El coche se paró junto al camión de Whit y de él se bajó su padre. Por la cara de pocos amigos que llevaba y la furia con la que cerró la puerta, Melissa se dio cuenta de que no era una visita de cortesía.

Mike Grady fue directamente a por Whit y lo señaló con un dedo acusador.

–¿Qué haces aquí?

–Métete en casa, Grady –le indicó Melissa a su hijo.

–Pero mamá... –protestó el niño.

–Haz lo que te dice tu madre –le indicó Whit.

El niño obedeció cabizbajo.

Melissa esperó a que no los oyera para enfrentarse a su padre.

—A quién invite a mi casa no es asunto tuyo –le espetó enfadada.

Su padre la ignoró y siguió mirando fijamente a Whit.

—Ya te dije una vez que no te acercaras a mi hija y espero no tener que volvértelo a repetir.

Melissa lo miró sorprendida.

—¿Qué le dijiste?

—Cuando hace siete años vino buscándote, le dije que no quería que mi hija se codeara con basura –contestó su padre.

—No te atrevas a decir que Whit es basura –le espetó Melissa apretando los dientes.

—¿Por qué no? Eso es lo que es. Su madre no era más que una camarera de tres al cuarto.

Sin previo aviso, Whit tomó a Mike del cuello y lo levantó por los aires para estamparlo contra el lateral del camión.

Melissa observó cómo su padre se ponía rojo y, temiendo que Whit lo matara sin querer, lo obligó a parar.

—¡Ya está bien! –lo increpó.

La voz de Melissa atravesó la nebulosa de furia que se había instalado en el cerebro de Whit e hizo que soltara a Mike.

—De mí puedes decir lo que quieras, pero a mi madre ni mentarla –le advirtió.

—Yo no acepto órdenes de nadie –tosió Mike tocándose el cuello.

—Pues ahora mismo vas a aceptar una mía –intervino Melissa furiosa–. Le debes una disculpa a Whit y quiero que le pidas perdón ahora mismo.

–Yo no le debo nada a nadie. Ya conseguí que huyera una vez y, si me da la gana, volveré a conseguirlo.

–Yo jamás he huido de nada –contestó Whit enfurecido.

–Te fuiste de la ciudad, ¿recuerdas? –se jactó el padre de Melissa–. Fue lo mejor. Así, Melissa tuvo tiempo de recobrar la cordura y de darse cuenta de cómo sería su vida casada con una basura como tú. Así, volvió con Matt rápidamente, tan rápidamente que, de haber estado aquí, ni te lo habrías creído.

–No –intervino Melissa girándose hacia Whit–. Eso no es cierto. Te juro que no fue así.

Whit se quedó mirándola un momento y se dio la vuelta.

–¡Whit! –gritó yendo hacia él–. ¡Whit!

Su padre la agarró del brazo.

–Deja que se vaya. Ya te he dicho que ese chico no es más que basura.

Furiosa, Melissa se apartó de su padre.

–Siempre he sabido que eras cruel, pero jamás hubiera soñado verte hacer algo intencionadamente que me hiciera daño.

–¿Cómo dices? Por si no te has dado cuenta, todo lo que he hecho ha sido para librarte de una vida llena de horror.

–No, precisamente por tu culpa he tenido una vida horrorosa –gritó Melissa.

–Si lo dices por Matt, no me eches las culpas a mí de los problemas de tu matrimonio. Matt era un buen chico e hizo lo correcto casándose contigo. Habría sido un buen marido si tú hubieras dejado que se metiera en tu cama.

–Vete de mi casa –le dijo Melissa señalando su coche.

–¿Tu casa? –se burló Mike–. Me parece a mí que te olvidas de que está hipotecada y la escritura la tengo yo en depósito.

–No, no me he olvidado –contestó Melissa fríamente–. Tú jamás permitirías que me olvidara, pero, mientras pague religiosamente todos los meses, yo decido quién viene a mi casa y quién no –le espetó–. Y tú te vas ahora mismo.

Cuando Melissa entró en casa, su hijo la estaba esperando en la puerta.

–Whit se ha ido –dijo con voz trémula–. ¿Se ha ido por culpa del abuelo?

Aunque a Melissa le habría encantado meterse en su habitación y estar varias horas llorando, sabía que su hijo se merecía una explicación, así que lo abrazó contra su costado.

–No, cariño –contestó sentándose en el sofá y sentando al niño en su regazo–. Whit se ha ido porque ha querido.

A Grady se le llenaron los ojos de lágrimas.

–Pero íbamos a preparar una cuadra para Molly –sollozó el pequeño.

–Sí, ya lo sé –contestó Melissa abrazándolo con fuerza.

–Se ha ido por culpa del abuelo, ¿verdad?

–Whit y tu abuelo no se llevan muy bien.

–¡Odio al abuelo! –exclamó el niño.

–No digas eso, cariño.

–¡Claro que lo digo! Y él también me odia. Ni siquiera me llama por mi nombre. Me llama «chico» y, cuando habla contigo, se refiere a mí como «ese hijo tuyo».

A Melissa se le rompía el corazón porque sabía que su hijo tenía razón. Ignorar a Grady era una de las muchas formas que tenía Mike de intentar hacerle daño, pero no se había dado cuenta de que el niño también lo sabía.

–¿Va a volver Whit esta tarde?

–No lo sé –contestó Melissa.

–Me había prometido que, cuando volviera esta tarde, podría montar a Molly –le recordó Grady.

–Sí, pero a veces hay promesas que no podemos cumplir –intentó consolarlo su madre.

–Tú siempre las cumples.

Melissa cerró los ojos y sintió que una aguda punzada de dolor le traspasaba el corazón. Había una promesa que no había cumplido, aquella promesa que le había hecho a Whit de que siempre lo amaría.

–No, Grady –murmuró con tristeza–. Yo también rompo mis promesas a veces.

Mucho tiempo después de haber apagado las luces de su dormitorio, Melissa seguía sentada frente al ventanal, intentando dilucidar lo que debía hacer.

Su corazón le pedía a gritos que no dejara marchar a Whit, que debía decirle que ella no sabía que su padre le había dicho que no se acercara a ella, que no tenía ni idea de que se había ido del pueblo por culpa de Mike Grady.

Pero ¿de qué serviría eso ahora? Aunque era lo que más le gustaría hacer, no podía cambiar el pasado. Lo que estaba hecho, estaba hecho.

Se había casado con Matt y tenía un hijo. Nada podía cambiar aquello.

En ese momento, vio unas luces que subían por el camino y se dio cuenta de que era el camión de Whit.

Al instante, sintió que el corazón se le salía del pecho.

Decidió que tenía que hablar con él aunque fuera para disculparse en nombre de su padre, así que se puso una bata y corrió hacia la puerta.

Una vez fuera, corrió hacia las cuadras y, al llegar, llamó a Whit.

Al oír su voz, Whit se giró.

—No quería molestarte —se disculpó—. Quería tener la cuadra lista para mañana —le explicó.

Melissa tomó aire y dio un paso al frente.

—Grady se ha llevado un buen disgusto porque te has ido. Quería ayudarte con la cuadra.

—Me he ido porque he pensado que era lo mejor.

–¿Lo mejor para quién? –preguntó Melissa con un nudo en la garganta.

–Lo mejor para el niño y para ti.

–Grady no quiere que te alejes de nosotros –contestó Melissa tragando saliva–. Y yo tampoco.

Whit se pasó los dedos por el pelo.

–No quiero que sufras, Melissa. Si me quedo por aquí, va a haber problemas. Tu padre se encargará de ello.

–Mi padre no tiene ningún control sobre mi vida.

Whit la miró furioso.

–¿Cómo me dices eso cuando tiene la escritura de tu casa? Podría quedársela cuando le diera la gana y, entonces, ¿qué haríais Grady y tú?

–Ya nos las apañaríamos.

Aquello hizo que Whit se riera amargamente.

–No sabes lo que dices –murmuró–. ¿Tienes idea del infierno de vida que lleva una mujer para sacar adelante ella sola a un hijo? Tendrías que trabajar dieciséis horas al día para pagar un alquiler y comprar algo de comida y tu hijo siempre estaría con algún amigo o algún vecino mientras tú trabajas. Jamás tendrías dinero para ir al médico ni para comprar el uniforme del colegio porque ni siquiera tendrías para pagar las facturas del mes.

Melissa se quedó mirándolo fijamente.

–Así era tu vida antes de que tu madre se casara con Buck –recapacitó.

–Efectivamente –contestó Whit enfadado.

–¿Y prefieres la vida que llevaste luego bajo el tejado del nuevo marido de tu madre? ¡No te lo crees ni tú!

–Nos estamos alejando del tema –dijo Whit.

–Lo cierto es que la felicidad de mi hijo y mi felicidad valen mucho más que cualquier posesión material que mi padre nos pudiera ofrecer.

–No estoy hablando de felicidad sino de supervivencia –insistió Whit.

–La una va ligada a la otra –contestó Melissa–. Whit, entiendo lo que me estás diciendo, pero tú también tienes que entender una cosa. En el pasado, dejé que otras personas decidieran por mí porque era cobarde, pero he cambiado y ahora tomo mis propias decisiones.

–¿Quién decidió por ti? ¿Tu padre?

–Sí, él y... otros –contestó Melissa.

Lo cierto era que no quería hablar del pasado, pero le debía una explicación a Whit; si no la verdad completa, por lo menos, una parte.

–Yo no sabía que mi padre te había dicho que no te acercaras a mí. No sabía que te había obligado a irte.

–No me obligó. Me fui porque quise –contestó Whit.

Melissa sintió que las lágrimas le abrasaban los ojos al recordar lo que había sentido al enterarse de que Whit se había ido sin despedirse.

De nuevo, la rabia y el resentimiento se apoderaron de ella.

—¡Podrías habérmelo dicho! Creo que me merecía, por lo menos, que te despidieras de mí.

—¿Cómo? —contestó Whit sorprendido—. ¡Intenté ponerme en contacto contigo por todos los medios! ¡Llamé a tu casa cientos de veces!

—¿De verdad? —se extrañó Melissa—. Nunca me lo dijeron.

—Siempre contestaba el ama de llaves y me decía que no estabas.

Melissa sintió que se quedaba sin sangre en las venas.

—Supuse que no te estaban dando los recados, así que te escribí —continuó Whit.

—¿Me escribiste? —dijo Melissa con voz trémula.

—Por último, me presenté en tu casa para hablar con tu padre y decirle que me quería casar contigo, pero tu padre me dejó muy claro que no iba a permitir que te volviera a ver. Por eso, decidí irme a trabajar a un rancho de Wyoming, para ahorrar dinero y poder comprar una casa para nosotros al volver.

Melissa se llevó la mano a la boca presa de la emoción pues nunca había sabido, hasta aquel momento, que Whit se había querido casar con ella.

—Al ver que no me escribías, decidí volver a casa para averiguar qué demonios estaba ocurriendo.

—¿Volviste?

—Sí, volví y me enteré de que te habías casado con Matt.

Melissa desvió la mirada.

—Creí que te habías ido, que no ibas a volver nunca –le explicó–. En el rancho nadie sabía dónde estabas y, cuando le pregunté a Matt, me dijo que tampoco lo sabía.

—Matt sí sabía dónde estaba, le dejé la dirección antes de irme.

—Pues a mí me dijo que no lo sabía –insistió Melissa.

Whit se quedó mirándola, incapaz de creer que su amigo lo hubiera traicionado.

—No lo culpo –dijo por fin comprendiendo la verdad–. Seguramente, yo en su situación habría hecho lo mismo.

Melissa lo miró con lágrimas en los ojos.

—No, Whit, tú jamás habrías mentido. Eres un hombre honrado.

Whit se apoyó en la puerta de la cuadra y se quedó mirando a la nada.

—¿Y qué hacemos ahora? –preguntó al cabo de un rato.

—No lo sé –contestó Melissa.

—Antes de que apareciera tu padre esta mañana, estábamos intentando volver a ser amigos.

Melissa asintió entre lágrimas.

—La visita de mi padre no ha significado nada.

—¿De verdad?

–De verdad. Mi padre ya no controla mi vida, ya te lo he dicho.

–Yo tengo que seguir trabajando con War Lord, pero no creo que a tu padre le haga mucha gracia.

–Ese es su problema.

–¿Y Grady? No quiero que sufra por mi culpa.

–Grady nunca se ha llevado bien con su abuelo y, si tuviera que elegir entre tú y él, te elegiría a ti sin dudarlo.

–Espero que no tenga que elegir –contestó Whit suspirando y apartándose de la puerta–. Bueno, voy a seguir con la cuadra para dejarlo todo listo para mañana.

–¿Quieres que te ayude?

–No, vuelve a casa y duerme. Yo me encargo de esto.

–Whit...

–Dime.

–Espero que siempre seamos amigos –le dijo Melissa desde la puerta.

Capítulo Seis

A la mañana siguiente, Grady y Melissa estaban sentados a la mesa de la cocina tomando el desayuno cuando Melissa oyó que una furgoneta se acercaba.

El niño también lo oyó y saltó de la mesa para ver quién era.

—¡Es Whit! —gritó corriendo fuera.

Melissa dejó la servilleta sobre la mesa y fue tras él.

—¡Grady, espera, estás en pijama! —le dijo.

Pero Grady siguió corriendo, descalzo, hasta que llegó junto a Whit. Melissa suspiró resignada y lo siguió.

—¡Hola, Whit! —saludó el pequeño—. ¿Puedo montar a Molly?

—Supongo que sí —contestó Whit.

—Pero si no está vestido —objetó Melissa llegando junto a ellos.

—La verdad es que no vas vestido como un vaquero —dijo Whit mirando al pequeño de arriba abajo—, pero no creo que eso le importe a la vieja Molly. Voy a sacarla, espérame junto a la valla.

Al oír aquello, Grady salió disparado como un rayo. Melissa volvió a suspirar y volvió a seguirlo.

–Haz exactamente lo que Whit te diga –le indicó a su hijo.

–Mamá, por favor, que sé montar a caballo perfectamente –se quejó el niño.

–Sólo has montado dos veces y no eran caballos sino póneys y estaban atados –le recordó Melissa.

–Pero los monté, ¿no?

Melissa puso los ojos en blanco y miró a Whit.

–No tiene mucha experiencia.

–No pasa nada, todo irá bien –contestó Whit.

Dicho aquello, tomó a Grady en brazos y lo colocó sobre la yegua.

–Agárrate a las crines –le indicó colocándole las riendas a Molly–. ¿Estás listo, vaquero?

Grady asintió emocionado.

Melissa se quedó mirándolos un rato, pero, al ver que todo iba bien, decidió dejarlos a solas.

–Me voy dentro, que tengo cosas que hacer –le dijo a Whit–. Cuando se haya cansado de montar, mándamelo a casa para que lo vista.

–Muy bien –contestó Whit–. Grady, ¿quieres que pongamos a Molly al galope? –le dijo al niño en cuanto su madre se hubo dado la vuelta.

–¡Whit Tanner! –exclamó Melissa mirándolo furibunda–. ¡No te atrevas a hacer nada parecido!

Whit sonrió y la señaló con el dedo índice, haciendo como que le disparaba.

—Te he engañado.

Por suerte, el padre de Melissa no se acercó por su casa mientras la amistad entre Whit y ella iba creciendo lentamente.

Grady besaba el suelo por el que pisaba Whit y lo seguía como un cachorro, haciéndole miles de preguntas que Whit contestaba con infinita paciencia.

La llegada de Molly había conseguido que, efectivamente, War Lord se tranquilizara. Whit había podido sacarlo de la cuadra tranquilamente un par de veces y ya se dejaba cepillar.

Sin embargo, todavía no había intentado meterlo en el remolque, algo que Melissa le agradecía sobremanera porque sabía que, en el momento que el caballo se pudiera transportar, ya no habría razón para que Whit fuera a su casa todos los días.

Y lo cierto era que iba a echar de menos sus visitas diarias.

Melissa suspiró y se quedó mirando por la ventana del estudio. Era perfectamente consciente de que entre Whit y ella jamás habría nada más que amistad porque cualquier posibilidad de felicidad que tuvieran se terminó cuando ella se casó con Matt.

–¿Melissa?

Melissa se giró y vio que Whit la miraba desde la puerta.

–Sólo quería decirte que hoy me tengo que ir un poco antes porque he quedado con Ace y con los otros en el despacho del abogado, en Tanner's Crossing, para firmar los documentos de la herencia de Buck.

–¿Vendrás mañana?

–Por supuesto, le he prometido a Grady que podrá montar a Molly otra vez. Por lo visto, quiere montar todo lo que pueda antes de tener que irse a casa de sus abuelos.

Melissa suspiró al recordar que efectivamente, su hijo tenía que ir, como todos los años, a casa de los padres de Matt.

–No quiere ir –le dijo a Whit–. Es lo de siempre, todos los años tenemos la misma discusión. Los padres de Matt viven en una urbanización de Georgetown en la que no hay niños de su edad para jugar. Lo cierto es que se aburre mucho ya que a los Jacobs se les ha debido de olvidar cómo entretener a un niño.

–Desde luego, nunca le dedicaron mucho tiempo a su hijo –recordó Whit–, pero supongo que, ahora que lo han perdido, lo único que les queda de él es Grady y les gusta verlo de vez en cuando.

–Sí, así es. Lo malo es que al niño no le gusta nada ir y yo me siento culpable por obligarlo.

–Sólo va a ser una semana –dijo Whit–. No creo que le dé tiempo a morirse de aburrimiento.

–Él está convencido de que sí –sonrió Melissa–. A ver si hay suerte y en la semana que queda para que se vaya cambia de opinión y va contento.

–Ojalá –contestó Whit mirándola como si quisiera decirle algo más.

–¿Qué ocurre? –peguntó Melissa dándose cuenta.

–Verás, no quiero que creas que me meto en tus asuntos, pero he estado pensando en los impuestos que me dijiste que tenías que pagar.

Melissa se estremeció al recordarlo.

–¿Sabes por casualidad si Matt pidió alguna vez una exención por ganadería?

–Que yo sepa, no –contestó Melissa frunciendo el ceño–. ¿Por qué?

–Porque, si tuvieras algo de ganado, podrías pedir que te eximieran de pagar impuestos. Tendrías que pagar los que tienes acumulados hasta ahora, pero te sería de gran ayuda para los futuros.

Melissa sonrió, pero negó con la cabeza.

–Gracias por el consejo, pero ahora mismo no puedo comprar ningún animal.

–Había pensado que me podrías arrendar la tierra y podría traer una parte de mi rebaño –le propuso Whit–. La verdad es que tengo demasiado y voy a tener que vender algunas reses, algo que no me hace ninguna gracia porque el mercado está muy a la baja. Si permites que los traiga aquí, podré aguantar hasta que suban los precios.

–¿Me propones esto para ayudarme? –sospechó Melissa.

–Te aseguro que no –contestó Whit–. Te lo propongo porque creo que es un buen acuerdo para los dos porque tú te libras de los impuestos y yo no tengo que vender mi ganado.

Las oficinas de McGregor, White and Wilcox ocupaban la tercera planta entera del edificio de la banca Tanner.

Aquellos tres abogados y sus treinta empleados se habían ocupado de los asuntos legales de la familia desde que Buck se había hecho cargo de la fortuna familiar hacía más de cuarenta años.

A juzgar por lo lujosamente que estaba decorado el bufete, aquel cliente les había dado mucho dinero a ganar.

Cuando llegó whit, una secretaria lo llevó a la sala de juntas, donde lo estaban esperando sus hermanos y McGuire, el abogado que les había preparado los documentos que tenían que firmar.

Los hermanos Tanner procedieron a estampar su firma en todos ellos y, al cabo de un rato, salieron del bufete tras dar las gracias a los abogados y despedirse de ellos.

—Gracias por venir —le dijo Ace a Whit pasándole el brazo por los hombros.

—No habría venido si hubiera tenido otra opción —contestó Whit.

—De todas formas, te lo agradezco —insistió Ace chasqueando la lengua—. ¿Has terminado con el caballo de Melissa Jacobs?

—No, pero voy cada vez mejor —contestó Whit subiendo a su furgoneta—. Creo que la semana que viene voy a intentar ensillarlo.

—¿Y qué tal le va a Melissa?

Whit se encogió de hombros.

—No tiene mucho dinero, pero se las arregla.

—Rory me dijo que te pasaste por su tienda el otro día con su hijo.

—¿Acaso Rory te llama para contarte quién entra en su tienda cada día?

—No, solamente cuando hay algo interesante, y verte a ti con un niño al que, por cierto, le compraste de todo, le pareció interesante.

—Lo estaba cuidando porque su madre estaba en una feria de artesanía en Austin —le explicó Whit.

—Muy bien —sonrió Ace—. Oye, por cierto, mañana es el cumpleaños de Maggie, y Ry y Kayla están preparando una pequeña fiesta familiar en el rancho. Nada del otro mundo, solamente reunirnos a comer y tomar helado y tarta. ¿Porque no invitas a Melissa y al niño?

—No sé —contestó Whit—. No parece que salga mucho.

–Razón de más para que la invites –insistió su hermano.

–Me lo pensaré –contestó Whit.

–A las cuatro –se despidió Ace.

El sábado por la mañana, Whit llegó a casa de Melissa un tanto estresado. La verdad era que tener que ocuparse de su rancho y del caballo de Melissa lo estaba dejando agotado.

Sin embargo, el estrés de aquel día no tenía nada que ver con la falta de sueño o el cansancio físico, sino con dos cosas que tenían que hacer y para las que no creía estar preparado.

Al llegar, queriendo quitarse por lo menos una de encima cuanto antes, se dirigió a la puerta de la cocina.

Melissa le abrió con una sonrisa.

–Pasa. Iba a hacer café. ¿Quieres?

Whit se quitó el sombrero y entró.

–Gracias –contestó sentándose.

Melissa le puso delante una taza de café y se sentó enfrente de él con otra.

–Grady está dormido –le dijo para romper el hielo.

Whit asintió y removió el café.

–Necesito que me aconsejes –le dijo de repente.

Melissa frunció el ceño.

–¿Ocurre algo?

–No exactamente. Verás, hoy es el cumpleaños de Maggie, la mujer de Ace –le explicó Whit.

–Sí, la conozco, me la presentaron en la inauguración de Macy.

–Bien, mi familia quiere reunirse en el rancho y tengo que hacerle un regalo.

Al ver que Melissa no contestaba, Whit la miró y comprobó que estaba haciendo un gran esfuerzo para no reírse.

–No tengo ni idea de lo que os gusta a las mujeres –admitió Whit–. Por eso, quiero que me aconsejes qué le puedo comprar.

–Te ayudo encantada, pero primero me tienes que hablar de ella.

–Está estudiando enfermería, está loca con Laura, la hija de Buck que Ace y ella tienen adoptada; ha tenido una vida muy dura porque la separaron de su madre y creció en una casa de acogida, me parece que no sabe quién es su padre, ha estado casada antes y, por lo que me ha contado mi hermano, su ex la trataba muy mal. Eso es todo lo que sé de ella.

–¿Sabes si tiene alguna afición o inquietud en especial?

–Que yo sepa, no, aunque a mí me parece, por lo que la he oído tocar algunas veces, que podría ser pianista profesional. Además, le encanta estar con su hija y cuidar de su marido. Antes de casarse, cocinaba para todos los empleados del rancho.

–Así que es una madre y esposa devota y le

encanta cocinar –recapacitó Melissa–. Eso nos da muchas posibilidades. Ven –añadió indicándole a Whit que la acompañara al estudio.

Whit se puso el sombrero y la siguió.

–¿Qué te parece un marco de fotos? –propuso Melissa rebuscando en sus cajas.

–¿Crees que le gustará?

–Yo creo que le va a encantar, pero, para estar seguros, le vamos a poner su nombre.

–¿Cómo?

–A ganchillo. Los hago mucho y a la gente le encanta –contestó Melissa.

–¿Y tú crees que te va a dar tiempo de tenerlo listo para las cuatro?

–Claro que sí, estoy tan acostumbrada a hacerlos que los hago con los ojos cerrados –sonrió Melissa saliendo del estudio.

–Eh, Melissa, hay otra cosa que te quería preguntar –le dijo Whit una vez fuera.

–¿De qué se trata?

Whit bajó la mirada y se puso a jugar con el sombrero.

–Bueno... eh... a Ace se le ocurrió que, a lo mejor, a ti y a Grady os apetecía... bueno, venir a la fiesta.

–Oh –exclamó Melissa sorprendida.

–No va a ser nada del otro mundo –se apresuró a explicarle Whit–. Solamente va a estar la familia y vamos a comer tarta y helado. Si no te apetece, no tienes obligación de venir.

Melissa dudó y volvió a sonreír.

–Sí, me apetece ir.

103

–Perfecto, entonces, os vengo a recoger a las tres.

–Estupendo.

Cuando llegaron aquella tarde al rancho familiar de los Tanner, Melissa deseó tener también seis años como su hijo para agarrar a Whit de la mano, porque ver a todos los hermanos reunidos imponía.

Para colmo, sus mujeres no estaban.

Ace fue el primero en verlos.

–Me alegro mucho de que hayáis venido –sonrió estrechándole la mano a Melissa.

–Gracias por invitarnos –contestó ella.

Ace le acarició la mejilla.

–¿Qué tal estás?

Aquel gesto cariñoso era típico de aquel hombre que ya siendo adolescente se preocupaba por todo el mundo.

–Bien –contestó Melissa.

–¿Y este pequeño quién es? –preguntó Ace dirigiéndose a Grady.

–Ten cuidado –le advirtió Rory–. No le gusta que se hagan comentarios sobre su estatura.

Ace sonrió y se puso en cuclillas delante del niño.

–No lo he dicho para ofenderte. Yo me llamo Ace. ¿Y tú?

–Grady Jacobs –contestó el pequeño.

–¿Sabes que conozco a tu madre desde que tenía la edad de mi hija?

–¿Y cuántos años tiene tu hija?

–Es todavía un bebé –contestó Ace–. ¿Quieres conocerla?

Grady miró a Whit, como pidiéndole permiso.

–Puedes ir con él –contestó Whit soltándole la mano.

–¿Y cómo se llama tu hija? –preguntó Grady agarrándose a la de Ace.

–Pobre Ace, no sabe dónde se ha metido –se lamentó Melissa mientras los veía alejarse–. Mi hijo es muy preguntón. Va a terminar harto.

–A mi hermano le encanta los niños, así que no te preocupes –le aseguró Rory.

–¿Quién quiere tarta?

Todos se giraron hacia la puerta y vieron a Kayla, que llegaba con una gran tarta, seguida de Maggie, Elizabeth y Macy.

Y comenzó la fiesta.

Dos horas después no quedaba ni rastro de la tarta ni del helado y los que se lo habían comido estaban tumbados medio dormidos por el patio.

Ace estaba tumbado sobre una manta en el césped con Maggie apoyada en su hombro y Laura dormida sobre su tripa, Woodrow y Elizabeth estaban sentados en el balancín, con los ojos cerrados y columpiándose lentamente, y Rory y Macy se habían acomodado en la hamaca que había colgada entre dos árboles.

Grady, como siempre incansable, estaba jugando con Daisy, la perra de Ace, en la parte de atrás.

Si Whit no hubiera estado sentado a su lado, Melissa habría disfrutado de la paz y la tranquilidad de aquella escena, pero le resultaba imposible relajarse.

No podía dejar de mirar a Whit, que estaba a escasos centímetros de ella. Tenía el brazo sobre el respaldo de la silla y los dedos le colgaban.

Su piel lucía bronceada y encallecida del duro trabajo al aire libre que había llevado a cabo durante años.

A Melissa aquellas manos la hipnotizaban y le hacían recordar la ternura y la pasión con la que la habían acariciado en el pasado.

De repente, Woodrow se puso en pie.

—Bueno, chicos, voy a ir a ver qué tal están las cabras —anunció—. Grady, ¿quieres venir conmigo? Han tenido crías esta mañana.

—¡Claro que sí! —exclamó el chico—. ¿Puedo ir, mamá?

—Claro que sí —rió Melissa ante el entusiasmo de su hijo.

Así que Woodrow, Elizabeth y Grady se montaron en la furgoneta de Woodrow y se fueron tras haber prometido que estarían de vuelta en una hora.

—Whit, se me había olvidado decírtelo —le dijo Ry abriendo un ojo—. Ha llegado la lápida que encargaste para la tumba de tu madre, así que, si quieres, puedes ir a verla.

–Muy bien –contestó Whit mirando a Melissa–. ¿Me acompañas?

–Sí –contestó Melissa.

Whit se puso en pie y se estiró y, a continuación, le pasó el brazo por la cintura como si fuera la cosa más normal del mundo, pero Melissa sintió como si le quemara todo el cuerpo.

Whit la llevó hasta el cementerio familiar que había en el rancho, aquel cementerio en el que estaban enterradas varias generaciones de la familia Tanner.

Al llegar, fue directamente a la lápida de su madre en la que se leía:

Lee Grainger Tanner, devota madre cuyo recuerdo siempre estará conmigo.

Whit se arrodilló ante la tumba y acarició las letras del nombre de su madre. Melissa observó sus movimientos delicados y cariñosos.

–Es bonita, ¿verdad?

–Sí, es una lápida preciosa –contestó Melissa.

–Cuando murió, Buck le puso una, pero era gris y sólo ponía su nombre y su fecha de nacimiento y de defunción y a mí me parecía que mi madre se merecía algo mejor –le explicó Whit–. Le encantaban las flores. Una vez, cuando era pequeño, arranqué unas cuantas del jardín de la vecina, la señora Carver, que era una vieja gruñona que no tenía nada mejor que hacer que contar sus flores todos los días. Por supuesto, se dio cuenta enseguida de que le habían arrancado unas cuantas y llamó a mi madre para decírselo. Mi madre estaba tan contenta con las flores que le había regalado que no tuvo valor para castigarme, así que le hizo un bizcocho a la señora Carver y me obligó a llevárselo.

Emocionada por la dulzura de la historia, Melissa le puso una mano en el hombro.

—La echo de menos —admitió Whit con tristeza—. Hace casi trece años que murió, pero pienso en ella todos los días.

—Veo que la querías mucho.

—Más de lo que jamás le dije en vida —contestó Whit poniéndose en pie—. La verdad es que nunca se me ha dado muy bien expresar mis sentimientos.

—Seguro que lo sabía —le aseguró Melissa—. Las madres sabemos que los hijos nos quieren sin que haya necesidad de que nos lo digan.

—Grady te quiere mucho.

—Ya lo sé —sonrió Melissa.

—¿Y te lo dice?

—No tanto como cuando era más pequeño —contestó Melissa encogiéndose de hombros.

—Pues debería hacerlo.

—No es necesario. Yo sé que me quiere porque me lo demuestra de muchas maneras y eso, a veces, significa mucho más que las palabras —le explicó Melissa sentándose en un banco de madera que había bajo un roble.

Whit se sentó a su lado y la tomó de la mano.

–¿Qué tipo de cosas hace para demostrártelo? –quiso saber Whit.

–Bueno, me ha regalado varios ramos de flores de mi propio jardín, por ejemplo –rió Melissa.

–Veo que no fui muy original –sonrió Whit tímidamente–. ¿Qué más?

–Me da besos de repente o me trae insectos que encuentra en el campo. A veces, es sólo una sonrisa.

–Tienes mucha suerte de tener un hijo como él. La verdad es que es un niño encantador.

–Gracias, a mí también me lo parece.

–¿Echa de menos a su padre? –preguntó Whit mirando al horizonte.

Aquella pregunta tomó a Melissa por sorpresa.

–Sí –admitió tomando aire–, aunque no tanto como a lo mejor tú crees.

–¿Por qué dices eso?

Melissa desvió la mirada porque, obviamente, le resultaba incómodo hablar de Matt con Whit.

–Grady echa de menos su presencia en la casa, pero Matt no pasaba mucho tiempo con él, así que no echa de menos hacer ciertas cosas con él porque nunca las hizo.

–Supongo que así era mi relación con Buck –recapacitó Whit–. Cuando vivía aquí en el rancho, nunca nos llevamos bien, pero siempre sabía que estaba cerca. Aunque no estuviera en casa, que la verdad es que no solía estar mucho, yo siempre sabía que iba a volver.

Melissa asintió, indicándole que le comprendía.

—Cuando Matt murió, Grady se pasó un mes preguntando cuándo iba a volver a casa. Yo le había explicado lo que era la muerte, así que el niño comprendía que Matt no iba a volver nunca, pero era como si lo olvidara y creyera que sólo se había ido unos cuantos días.

—¿Y tú lo echas de menos?

Melissa lo miró a los ojos sorprendida.

—Perdona, no tengo derecho a hacerte una pregunta así —se disculpó Whit.

—No pasa nada —contestó Melissa intentando dilucidar cómo contestar a aquella pregunta sin revelar lo poco sólida que había sido su relación con Matt—. Echo de menos su presencia —contestó por fin.

Capítulo Siete

Cuando llegaron a casa después de la fiesta, ya había oscurecido y Grady se había quedado dormido en el coche, entre Whit y Melissa, con la cabeza apoyada en el hombro de Whit.

Cuando su madre hizo amago de despertarlo, Whit se lo impidió.

–Déjalo, pobrecito, ya lo llevo yo en brazos.

Melissa asintió y se bajó de la furgoneta para abrirle la puerta de la cocina. Una vez dentro, dio la luz y guió a Whit hasta la habitación del niño, donde le abrió la cama, le quitó las botas y le puso el pijama.

Al terminar, Whit se colocó a su lado y le pasó el brazo por la cintura. Los dos se quedaron mirando a Grady. Era algo muy sencillo, pero Melissa no recordaba haber compartido aquella experiencia con nadie.

El ritual de acostar a su hijo siempre había sido sólo de ella, a Matt no le había interesado participar.

–¿Tú crees que dormirá bien? –preguntó Whit.

–Yo creo que no se va a despertar hasta el mediodía –rió Melissa.

111

Whit chasqueó la lengua y se dirigió a la puerta. En las escaleras, Melissa pensó que, cuando llegaran abajo, lo más probable era que Whit se marchara y lo cierto era que no le apetecía.

—¿Quieres tomar algo? —le preguntó una vez en la cocina con la esperanza de que se quedara un rato más.

Whit la tomó de la mano y la giró. Sorprendida, Melissa le puso las manos en el pecho. Aunque la luz del fregadero estaba encendida, no había suficiente iluminación, pero Melissa observó que Whit la miraba con deseo.

Whit le tomó el rostro entre las manos y la miró con intensidad.

—Llevo todo el día queriendo hacer esto.

—¿El qué? —preguntó Melissa fascinada por su voz.

—Esto —contestó Whit inclinándose sobre ella.

Cuando sus labios se tocaron, Melissa se derritió contra su cuerpo, plenamente consciente de que aquel día no podía terminar de otra manera.

Melissa había pensado muchas veces en el beso que se habían dado hacía unos días y lo había comparado con aquéllos que habían compartido siete años atrás.

Después de tanto tiempo, volver a besar a aquel hombre se le debería de haber hecho raro, pero, por el contrario, le resultaba de lo más natural.

Al tener las manos en el pecho de Whit, Melissa sentía los latidos de su corazón, pero queriendo estar todavía más cerca de él le pasó los dedos por el pelo y lo besó con pasión.

–Oh, Dios mío, Melissa –murmuró Whit–. Cuánto tiempo hacía.

El deseo que Melissa percibió en su voz hizo que lo abrazara todavía con más fuerza y lo besara con más ardor.

Sentía sus manos por todas partes, por el pelo, por el cuello… Cuando llegaron a sus pechos, Melissa aguantó la respiración y sintió que el calor se apoderaba de su ser.

–Tienes más pecho que antes –gimió.

–Sí, por el embarazo –contestó Melissa.

Al instante, Whit dejó de tocarla y se apartó. Melissa sabía que había sido por haber nombrado la palabra «embarazo» y deseó con todas sus fuerzas poder echar marcha atrás y no pronunciar aquella frase, pero era imposible.

–Lo siento –le dijo con tristeza.

Whit negó con la cabeza y la abrazó.

–No pasa nada, es una parte de tu vida a la que me voy a tener que acostumbrar –le aseguró–. Lo que pasa es que me resulta muy duro imaginarte haciendo el amor con otro hombre porque te quería mucho, Melissa, más de lo que te puedas imaginar.

Emocionada, Melissa le tomó las manos entre las suyas.

Al cabo de un rato, Whit suspiró y las apartó.

–Es tarde, así que me voy a casa y te dejo dormir.

Y Melissa se quedó mirándolo mientras se iba, sintiendo que el corazón se le rompía y deseando tener derecho a decirle que volviera.

Mucho tiempo después de que Whit se hubiera ido, Melissa estaba sentada ante el ventanal de su dormitorio, mirando hacia fuera, hacia la oscuridad, pensando en demasiadas cosas como para poder conciliar el sueño.

«Te quería mucho, Melissa, más de lo que te puedas imaginar».

Melissa siempre había sabido que Whit la quería, pero, cuando se había ido sin explicarle nada, había comenzado a dudar de su amor y, al final, había terminado preguntándose si alguna vez la había querido.

Melissa dejó caer la cabeza entre las piernas.

Si hubiera confiado en él, si hubiera pensado que iba a volver a buscarla, jamás se habría casado con Matt.

Había vuelto con él por desesperación y había aceptado su propuesta de matrimonio por miedo.

En aquel entonces, era joven y débil y le tenía miedo a su padre, quien guiaba su vida con mano de hierro. Se había mostrado cobarde y había dejado que otros decidieran por ella.

Pero ya no era así, ahora era una mujer independiente y segura de sí misma que tomaba sus propias decisiones.

Ahora, Whit había vuelto a aparecer en su vida.

Melissa suspiró y se dio cuenta de que se estaba volviendo a enamorar de él. Aquello le dio pánico porque era muy difícil que pudieran ser felices juntos.

Para empezar, el primer obstáculo era su pasado, algo que, obviamente, a Whit le costaba asimilar y, para seguir...

–¿Mamá?

–¿Qué pasa, cariño? –dijo Melissa tomando a su hijo entre sus brazos.

–¿Dónde está Whit? –preguntó el niño bostezando.

–Supongo que en casa, durmiendo –contestó Melissa.

–¿Va a venir mañana?

–Eso espero –suspiró Melissa–. Venga, vamos, hay que volver a la cama –añadió tomando a su hijo de la mano y conduciéndolo a su dormitorio.

La semana siguiente transcurrió con mucha actividad. Era el final del año escolar y había una fiesta en el colegio de Grady para la que Melissa tuvo que hacer galletas.

Los padres de Matt iban a recoger a su nieto el sábado por la mañana para llevárselo, como todos los años, una semana a su casa.

Eso quería decir que había que poner varias lavadoras, planchar mucha ropa y hacer maletas.

Por si fuera poco, un cliente le había pedido

a última hora quince regalos personalizados para la graduación.

Así que Melissa no paraba de trabajar en la casa y en el estudio. Whit siguió yendo todos los días para trabajar con War Lord y, al ver lo atareada que estaba, se mantuvo a una distancia prudencial.

Además, se ocupaba de Grady para que Melissa tuviera más tiempo, algo que ella le agradecía de todo corazón.

Aun así, cuando llegó el sábado, no todo salió bien. Para empezar, el niño se levantó diciendo que no quería ir a casa de sus abuelos.

A pesar de que a Melissa le habría encantado que se quedara en casa, sabía que sus suegros anhelaban pasar aquella semana con su hijo, así que a las nueve de la mañana tenía las maletas hechas y estaba en la cocina preparando café.

—Grady, ¿por qué no bajas y me ayudas a preparar algo de comer para los abuelos?

Al ver que el niño no contestaba, subió las escaleras y entró en su habitación suponiendo que se habría escondido en el armario.

—Ya está bien, Grady —le advirtió.

Whit terminó de poner la comida a los caballos y se paró a acariciar a Molly. Entonces, vio por el rabillo del ojo a Grady corriendo por el jardín.

Se acercó a la puerta y fue hacia él. Al acercarse, vio que el pequeño estaba llorando y corrió a su encuentro.

Al llegar a su lado, lo tomó en brazos y Grady le pasó las manos por el cuello y escondió la cara en su hombro.

–¿Qué te pasa?

–No dejes que mamá me obligue a ir –imploró el pequeño.

Whit frunció el ceño y sentó a Grady sobre sus rodillas.

–¿Adónde no quieres que te obligue tu madre a ir?

–A casa de mis abuelos.

–¿Y por qué no quieres ir a su casa?

Grady estalló en sollozos mientras contestaba y lo único que Whit alcanzó a comprender fueron las últimas palabras de la frase.

«Quedarme aquí contigo».

El hecho de que Grady prefiriera quedarse con él a ir con sus abuelos lo llenó de orgullo, pero no supo qué decir.

–Supongo que, ahora que tu padre ha muerto, tus abuelos se sentirán muy solos –le explicó acariciándole la espalda.

Al ver que aquello no hacía sino aumentar el llanto del niño, Whit intentó dilucidar algo para distraerlo.

–¿Sabías que tu padre y yo éramos amigos cuándo teníamos tu edad? Yo solía ir a casa de tus abuelos constantemente. Cuando vivían aquí, claro. Tenían una casa enorme en Pecan Street y tu padre y yo jugábamos al béisbol en

117

el jardín casi todos los días después del colegio. Una vez, yo estaba de pitcher y le lancé una bola imposible de alcanzar, pero tu padre le dio de lleno y la mandó al cielo.

El niño había dejado de llorar un poco y seguía con atención su relato.

–Tu padre le había dado con tanta fuerza que rompió una ventana del baño. Tu abuela se puso como una fiera. Nos llamó a su presencia y nos amenazó con azotarnos si no confesábamos. Tu padre dijo que había sido yo y tu abuela me castigó a cortarle el césped durante un mes para pagar el cristal roto.

–¿Y por qué cargaste tú con la culpa? ¿Por qué no le dijiste a la abuela que había sido mi padre?

Whit se encogió de hombros.

–Supongo que yo también había sido tan culpable como él y, seguramente, tu abuela lo habría castigado a él más duramente por ser su hijo.

–A mí nunca me ha pegado.

–¿Le has roto alguna vez una ventana? –dijo Whit enarcando una ceja.

–No.

–Entonces, nunca ha tenido motivo para hacerlo –contestó Whit limpiándole las lágrimas con un pañuelo–. ¿Juegas a las cartas con tu abuelo?

Grady negó con la cabeza.

–No, lo único que hacemos es ver la televisión.

–¿Ah, sí? Pues dile que quieres jugar a las cartas y ya verás. A mí siempre me ganaba.

–¿El abuelo te ganaba?

–Sí, supongo que ahora ya no me ganaría porque entonces sólo era un crío.

–Seguro que yo te ganaría.

–Puede ser –sonrió Whit–. Una vez me aposté una docena de las famosas galletas de chocolate de tu abuela a que le ganaba tres partidas seguidas.

–¿Y ganaste?

–No. Y tuve que cortar el césped durante otra semana para que tu abuela me diera las galletas.

–Desde luego, la abuela era muy mala contigo.

–No, en absoluto. Tu abuela era maravillosa conmigo. Me dejaba estar en su casa siempre que quería.

–¿Y tu madre?

–Mi madre trabajaba por las noches, por eso yo pasaba tanto tiempo en casa de tus abuelos. Si no hubiera sido porque ellos me daban de cenar, probablemente, me habría convertido en un sándwich porque eso era lo único que yo sabía preparar.

–¡Grady Jacobs, te estaba buscando por todas partes!

Whit y Grady se giraron hacia la puerta y vieron que Melissa los miraba enfadada. Whit le dijo con una mirada que no lo regañara demasiado y se puso en pie.

–Justamente, ya íbamos para casa –mintió guiñándole el ojo al niño–. Grady ha venido a decirme que no se me olvide darle una manzana a Molly todos los días mientras él esté fuera y se nos ha hecho un poco tarde –añadió revolviéndole el pelo–. No te preocupes, no me voy a olvidar de dársela. Tú dales un beso de mi parte a tus abuelos.

Melissa miró confundida a ambos y extendió la mano.

–Venga, Grady. Te tienes que lavar la cara antes de que lleguen los abuelos.

Grady soltó la mano de Whit, agarró la de su madre y la siguió hasta la puerta, desde donde se giró y sonrió a Whit.

–Te traeré galletas de chocolate de la abuela –le prometió.

–Muchas gracias –sonrió Whit diciéndole adiós con la mano.

Whit siguió trabajando en la cuadra, pero oyó llegar a los Jacobs y observó que, cuando se fueron un rato después, Grady iba con ellos muy sonriente.

Sacó a los dos caballos a la pradera y se dispuso a ensillar a la yegua. Entonces, se dio cuenta de que alguien lo observaba.

Al acercarse, se encontró con Melissa.

–Ya he visto que Grady se ha ido –le dijo.

–Sí, precisamente venía a darte las gracias porque no sé que le has dicho, pero lo has convencido para que se fuera con ellos. Si se hubiera negado, sus abuelos habrían sufrido mucho –contestó Melissa.

–Ya supongo.

–¿Qué le has dicho? Un cuarto de hora antes de venir a hablar contigo, me había dicho de muy malas maneras que no pensaba montarse en su coche a no ser que lo atara.

–Cuando ha venido, estaba llorando y parecía muy enfadado –contestó Whit cepillando a Molly.

–Todos los años es lo mismo y cada vez es más difícil convencerlo. Dice que en casa de sus abuelos se aburre porque lo único que hacen es dormir y ver la tele.

–Sí, a mí me ha dicho lo mismo.

–No sé qué hacer. Me sabe muy mal obligarlo a ir, pero sé que sus abuelos se mueren por estar con él unos días.

–Me parece que los padres de Matt van a tener que esforzarse un poco más.

–Sí, pero no sé si se dan cuenta de que su nieto no quiere ir a su casa, así que no sé cómo lo van a hacer.

–Tendrán que darse cuenta. Si se esforzaran un poco más, Grady iría gustoso y tú no tendrías que enfrentarte a esta situación todos los años.

–¿Qué me quieres decir con eso?

–Le he dicho a Grady que les diga un par de cosas y me parece que van a entender la indirecta.

121

–¿Ah, sí? ¿Qué le has dicho?

–Le he dicho que le pida a su abuelo que jueguen a las cartas y que le hable a su abuela de sus galletas de chocolate.

–Muy inteligente por tu parte.

–Bueno, lo cierto es que no podía soportar la idea de que Grady se aburriera durante una semana entera.

–Yo tampoco, pero nunca se me habría ocurrido decirle lo que tú le has dicho.

Whit sonrió y siguió cepillando a la yegua en silencio.

–Supongo que, ahora que Grady no está, no harás cena.

Melissa se cruzó de brazos y se quedó mirándolo.

–¿Es una indirecta para sacarme una comida gratis?

Aquello hizo reír a Whit.

–No, más bien estaba pensando en invitarte a cenar. ¿Te gustaría que fuéramos a Bubba's?

–Me encantaría –sonrió Melissa.

–¿A las siete?

–Perfecto.

Bubba's era una institución en Tanner's Crossing. El local se encontraba al final de una carretera llena de barro, junto a la orilla del río Lampasas.

Aunque la carta era reducida, la calidad de

la comida que se servía era excelente. La barbacoa era su especialidad, pero los sábados también preparaban pescado y verduras según las recetas familiares de Bubba.

Whit había elegido aquel restaurante pensando en Melissa, esperando que el ambiente distendido y la comida casera le gustaran y la ayudaran a relajarse después de una semana tan estresante.

Al llegar, Bubba en persona les dio la bienvenida y los condujo a una mesa junto a la ventana.

—Esto es precioso —comentó Melissa observando el río que discurría muy cerca.

—¿Verdad que sí? —contestó Whit abriendo la carta—. ¿Te apetece pescado?

—Sí, me encanta el pescado.

—Entonces, tomaremos los dos pescado.

La camarera se acercó a ellos y Whit hizo el pedido.

—¿Has terminado los regalos de graduación? —le preguntó a Melissa cuando se quedaron a solas de nuevo.

—Sí, pero por los pelos —suspiró Melissa.

—Deberías haberle dicho al cliente que no tenías tiempo.

—No me puedo permitir el lujo de perder clientes así —contestó Melissa—. Necesito el dinero.

Whit se echó hacia delante con la intención de hacerle una propuesta en la que había estado pensando.

–Ya sé que me dijiste que no querías aceptar mi dinero.

–No es que no quiera aceptar dinero de ti –lo interrumpió Melissa–. No quiero aceptar dinero de nadie.

–Lo entiendo perfectamente y te respeto por ello, pero acabo de heredar un montón de dinero y no tengo ninguna intención de gastármelo jamás, así que te podría prestar lo que necesitas para pagar a tu padre y ya me lo devolverías cuando quisieras. Sin hipotecas, sin créditos y sin presiones.

Melissa sonrió y le acarició las manos.

–Muchas gracias, pero la respuesta sigue siendo «no».

–Maldita sea, Melissa, quiero ayudarte –se lamentó Whit con frustración.

–Ya lo sé y te lo agradezco, de verdad, pero quiero ocuparme de esto yo sola.

En ese momento, la camarera les llevó la comida.

–Te prometo que no volveré a ofrecértelo, pero, si lo necesitas, puedes contar con mi dinero –dijo Whit.

–Me parece bien –contestó Melissa–. Ahora, comamos antes de que se nos enfríe.

Cuando terminaron de cenar, Whit le preguntó a Melissa si le importaba que se pasaran por su casa antes de que la llevara a la suya.

–Es que tengo un caballo enfermo –le explicó.

–No hay problema –contestó Melissa.

–Me pregunto qué estará haciendo Grady –recapacitó Whit en voz alta mientras conducía.

–No tengo ni idea, pero espero que se lo esté pasando bien –contestó Melissa mirando por la ventana.

–Seguro que sí –sonrió Whit.

–La verdad es que no me hace ninguna gracia haberlo obligado a ir.

–¿Quieres llamarlo?

–¿Ahora?

–Pues claro –contestó Whit ofreciéndole su móvil.

Melissa aceptó el teléfono y se apresuró a marcar el número.

–Hola, Ruth, soy Melissa. ¿Qué tal todo por ahí?

Mientras escuchaba, levantó el pulgar hacia Whit indicándole que todo iba bien.

–Si no los interrumpo, de acuerdo –contestó–. Hola, cariño. ¿Te lo estás pasando bien? –sonrió cuando su hijo se puso al teléfono–. Muy bien, cariño, te entiendo. Pórtate bien –se despidió.

–¿Qué te ha contado? –quiso saber Whit mientras Melissa colgaba.

–Dice que se lo está pasando fenomenal y que estaba jugando a las cartas con Richard.

Whit asintió aliviado y se guardó el teléfono.

–Entonces, ¿por qué te has puesto triste?

–No estoy triste.

Whit alargó el brazo y bajó el quitasol.

—¿No tienes cara triste?

Melissa hizo una mueca y subió el quitasol.

—No estoy triste, pero... lo echo de menos y creía que él me iba a echar de menos a mí también.

—Supongo que sus abuelos lo están entreteniendo mucho mejor que yo a ti. A lo mejor, te tendría que haber invitado a jugar a las cartas en lugar de a cenar.

Aquello hizo reír a Melissa.

—Gracias, pero te aseguro que prefiero cenar en Bubba's que jugar a las cartas —contestó mientras Whit aparcaba frente a sus cuadras.

—¿Me esperas aquí? No tardaré mucho.

—No, te acompaño —contestó Melissa.

Una vez dentro de las cuadras, Whit le explicó que un amigo le había llevado a una yegua herida en una pata porque no tenía dinero para pagar al veterinario y se la estaba curando.

Tras haberle hecho la cura que el animal necesitaba, salieron al exterior y se quedaron disfrutando de la noche.

—Hace una noche fantástica —comentó Whit tomando a Melissa de la cintura por detrás.

—Sí, me encanta esta época del año —contestó Melissa cerrando los ojos—. Me encanta que haga calor durante el día y que por las noches refresque. Esto es el paraíso.

—Desde luego, es mucho mejor que en agosto.

Cuando hace tanto calor, no puedo evitar acordarme de Wyoming –comentó Whit.

Melissa bajó la mirada.

–¿Cuánto tiempo viviste allí?

–Tres años más o menos.

–¿Te quedaste tanto tiempo fuera por mí? –preguntó Melissa con voz trémula.

Whit le acarició la mejilla.

–En parte, sí. En aquel momento, no se me ocurría ninguna razón para volver.

–Pero, al final, volviste.

–Sí, echaba de menos Texas. Aunque haga mucho calor, a mí me parece el mejor lugar del mundo para vivir.

–Me alegro de que volvieras –dijo Melissa sinceramente–. No sé qué habría hecho sin ti aquí.

–Te las habrías apañado.

Melissa sonrió y le besó la mejilla.

–O estás ciego o mientes, pero, en cualquier caso, gracias por confiar en mí.

–¿Quieres ver mi casa? –le propuso Whit tomándola de la mano.

–Claro que sí –contestó Melissa.

–Si quieres, vamos andando y, así, bajamos la cena.

–Me parece muy buena idea –contestó Melissa entrelazando sus dedos con los Whit.

Así, fueron caminando relajadamente en mitad de la noche tranquila y apacible, oyendo los sonidos de la naturaleza.

–Oh, Whit, qué bonita es –murmuró Melissa al llegar a la casa.

–A mí también me gusta –contestó él subiendo las escaleras del porche.

–¿La has hecho tú?

–Sí, todo menos la electricidad y la fontanería –la informó Whit abriendo la puerta.

Una vez dentro, tras haberla dejado pasar a ella primero, se quitó el sombrero y lo dejó sobre una silla.

–Por dentro todavía me faltan muchas cosas –dijo avergonzado por los pocos muebles que había–. Nunca tengo tiempo de terminar.

Melissa se quedó obnubilada mirando las paredes de madera y la chimenea de piedra.

–No me puedo creer que lo hayas hecho todo tú.

–Woodrow me ayudó con la madera –admitió Whit–. Se le da fenomenal. Y Rory me ayudó con las piedras.

–Tienes mucha suerte de tener unos hermanos así.

–Sí, es cierto. ¿Quieres ver mi dormitorio?

Melissa se giró hacia una puerta cerrada y se preguntó si Whit la estaría invitando a algo más que a una visita.

–Sí –contestó tras tomar aire.

Capítulo Ocho

Con la mano de Whit en la espalda, Melissa cruzó el salón y entró en el dormitorio. Una vez allí, Whit se adelantó y encendió la lámpara que había sobre la mesilla de noche.

–Pues esto es –anunció paseando la mano por el aire–. No es nada del otro mundo, sólo una habitación en la que dormir.

–Es perfecta –contestó Melissa.

Whit bajó la cabeza.

–Es la primera vez que traigo a una mujer aquí –admitió alzando la mirada.

Aquella confesión hizo que a Melissa se le derritiera el corazón.

–Es todo un honor ser la primera.

Whit alargó la mano en señal de invitación y, temblando, Melissa puso las suyas encima. Entonces, Whit la atrajo hacia sí y la abrazó de la cintura.

–Quiero hacerte el amor –le dijo en voz baja–. Aquí, en mi cama.

Melissa sintió que la emoción se apoderaba de ella, tragó saliva y asintió.

–Yo también.

Whit le acarició la mejilla y la miró a los ojos con intensidad.

–Quiero que sepas que nunca ha habido ninguna mujer en mi vida aparte de ti.

Melissa se moría por decirle que ella sentía lo mismo, pero le daba miedo que no la creyera, así que le pasó los brazos por el cuello y lo besó.

Whit le devolvió el besó con pasión y Melissa cerró los ojos, suspiró y se dejó llevar, disfrutando del momento y del hombre.

De repente, Whit se apartó y se sentó en el borde de la cama. Alargó los brazos y la colocó entre sus piernas para, a continuación, muy lentamente, comenzar a desabrocharle el vestido.

Aquella lentitud hizo que Melissa comenzara a temblar de deseo. Cuando Whit hubo desabrochado todos los botones, deslizó las mangas del vestido por sus brazos y se quedó mirando su cuerpo.

Con idéntica reverencia, le desabrochó el cierre delantero del sujetador, dejando una estela de fuego al cruzar su tripa en busca de la cinturilla de las braguitas. Acto seguido, la besó debajo del ombligo mientras las hacía caer al suelo.

Melissa aguantó la respiración mientras Whit le acariciaba las estrías.

–¿Fue un bebé muy grande? –preguntó preocupado.

–La verdad es que no –contestó Melissa–. Pesó tres kilos y medio.

Whit le besó una estría y la miró a los ojos.

–Me cuesta imaginarte embarazada con lo pequeña que eres.

–No te perdiste nada, te lo aseguro –contestó Melissa arrugando la nariz–. Estaba gorda como una ballena y caminaba torpemente como un pato.

–Seguro que estabas preciosa –dijo Whit poniéndose en pie ante ella–. Lo vamos a hacer muy lentamente –añadió.

Pero Melissa no quería que aquello fuera lento; tenía la piel ardiendo y la respiración entrecortada, estaba impaciente por verlo desnudo.

–Será lento la próxima vez, pero ahora te necesito –exclamó sacándole la camisa de los vaqueros.

Whit chasqueó la lengua y se desabrochó la camisa. A continuación, se sentó en el borde de la cama de nuevo y se quitó las botas y los vaqueros.

Cuando hubo terminado de desnudarse y dejó la ropa en un montón en el suelo, se giró hacia Melissa, la miró a los ojos y abrió los brazos.

Melissa se abalanzó sobre él y lo derribó sobre la cama, se tumbó encima y lo besó con pasión.

Al instante, sintió las manos de Whit por

todo el cuerpo y supo que, si no le hacía el amor inmediatamente, iba a morir de deseo.

—Whit, por favor —le pidió.

—¿Estás segura?

—Sí, por favor.

Sin dejar de mirarla a los ojos, Whit se colocó sobre su cuerpo, deslizó la mano entre sus piernas y guió su sexo.

Melissa arqueó la espalda, jadeando de placer, se aferró a sus caderas y disfrutó de la penetración.

Cuando se hubo acostumbrado a la presencia de Whit dentro de su cuerpo, comenzó a mover las caderas al mismo ritmo que él, pidiéndole más y más.

Whit gimió de placer, se inclinó sobre ella y tomó uno de sus pezones entre los dientes. Melissa creyó enloquecer.

—Whit —rogó.

Whit la besó en la boca, le levantó las caderas y la embistió con fuerza. Entonces, Melissa dejó de besarlo, gritó su nombre y se dejó llevar por las oleadas de placer.

Mientras su cuerpo estallaba, sintió que el de Whit se tensaba y alcanzaba también el orgasmo para, a continuación, esparcir su cálida semilla dentro de ella.

—¿Estás bien? —le preguntó Whit dejándose caer sobre ella.

—No he estado mejor en mi vida —contestó Melissa abrazándolo—. ¿Y tú?

–Pregúntamelo mañana porque ahora no siento el cuerpo –contestó abrazándola.

Melissa no esperaba que Whit estuviera allí a la mañana siguiente cuando ella se despertara.

Sin embargo, cuando abrió los ojos, lo vio tumbado a su lado y no pudo evitar quedarse mirándolo.

Aquel hombre era tan increíblemente guapo que tuvo que hacer un gran esfuerzo para no tocarlo.

–Buenos días –dijo Whit abriendo los ojos.

–Buenos días –contestó Melissa.

–¿Tienes hambre? –le preguntó Whit atrayéndola contra su cuerpo.

–No mucha, la verdad. ¿Y tú?

–Yo me podría comer una vaca entera –confesó Whit.

Melissa rió y le revolvió el pelo.

–Ya veo que ahora sientes mucho más que anoche.

–Muchísimo más –rió Whit acariciándole la espalda y las nalgas.

Melissa sintió que el calor se apoderaba de su cuerpo y le acarició el pecho. Cuando deslizó la mano hasta encontrarse con el miembro erecto, Whit gimió de placer.

–Te quiero, Melissa. Creo que jamás he dejado de quererte –confesó.

Melissa sintió que se le paraba el corazón.

—No sé qué decir —contestó.

—No tienes por qué decir nada. Solamente quería que lo supieras.

Melissa sintió que los ojos se le llenaban de lágrimas.

—Demuéstrame cuánto me quieres.

Whit apartó las sábanas y la sentó a horcajadas sobre su cuerpo.

—Encantado.

Y eso fue exactamente lo que hizo, demostrarle a Melissa de maneras que a ella jamás se le habrían ocurrido cuánto la amaba. Y cuando, por fin, se adentró en su cuerpo, Melissa se sintió la mujer más adorada del mundo.

Aquel mismo día, Melissa estaba sentada en su estudio, confeccionando una lista de materiales que necesitaba comprar, pero le estaba costando mucho trabajo concentrarse porque no podía parar de pensar en Whit, que estaba en la cuadra trabajando con War Lord.

Al final, se dio por vencida, dejó la lista a un lado y se acercó a la ventana para observarlo.

Con sólo verlo, sintió que se excitaba.

Whit era el hombre más viril y dulce que conocía y así se lo había demostrado repetidamente en las últimas veinticuatro horas.

La amabilidad y la inteligencia con la que había hablado con su hijo para convencerlo de que se fuera con sus abuelos, el haberla invitado a cenar sabiendo que se iba a sentir sola sin Grady y la ternura y la pasión con la que le había hecho el amor además de la comprensión que había demostrado al decirle que la quería y no esperar nada cambio…

Lo cierto era que Melissa lo quería también, no había manera de negar lo que sentía por Whit, pero no se lo podía decir.

Si se lo decía, abriría la puerta a la posibilidad de tener una relación, a un futuro juntos, y Melissa sabía que eso era imposible.

Todavía había secretos entre ellos, cosas que Whit no sabía.

Melissa observó atentamente cómo Whit montaba a War Lord y aguantó la respiración, temiendo que el caballo lo tirara al suelo. El animal se revolvió un poco, pero Whit consiguió controlarlo.

Mientras veía cómo trotaba a lomos de War Lord, Melissa se preguntó si podría contarle la verdad sin destruir aquel amor que sentía por ella.

Parecía que Whit había asimilado que se hubiera casado con Matt, y aunque era bastante improbable que se llevara bien con su padre, eso le daba igual porque ella tampoco se llevaba bien con él y, lo más importante era que se veía que realmente quería a su hijo.

¿Seguiría siendo todo aquello así cuando descubriera la verdad?

Melissa se apartó de la ventana y volvió al trabajo diciéndose que debía dar tiempo al tiempo porque, a lo mejor, no salía nada de su relación con Whit.

Aunque le hubiera dicho que la quería, tal vez no sintiera por ella más que deseo. De ser así, ya lo superaría.

Lo había tenido que superar una vez, así que sabía que sería capaz de hacerlo. En cualquier caso, no estaba dispuesta a arriesgarse a hacer daño a la persona más importante de su vida.

Su hijo.

A Melissa se le daba de maravilla bloquear las cosas en las que no quería pensar. Había pasado muchos años haciéndolo, así que no le costó mucho recibir a Whit con una radiante sonrisa cuando fue al estudio aquella tarde.

—¿Has terminado por hoy? —le preguntó.

Whit se quitó el sombrero y se secó el sudor de la frente.

—Sí, he conseguido montarlo —contestó triunfante.

Melissa sonrió y se puso en pie.

—Sí, lo sé, te he estado mirando. ¿Qué tal ha ido?

—Ha sido difícil. Ha intentado tirarme un par de veces, pero, al final, he conseguido domarlo.

—¿En cuánto tiempo crees que podré venderlo?

–No lo sé, tal vez en un par de semanas o un mes.

–Vaya, y parece que fue ayer cuando empezaste a trabajar con él.

–El tiempo pasa volando cuando te lo estás pasando bien –contestó Whit guiñándole el ojo.

Melissa se sonrojó al comprender a lo que se refería.

Whit chasqueó la lengua y la besó en la boca.

–Te pones muy bonita cuando te sientes avergonzada.

–No me siento avergonzada.

–Ya, claro –insistió Whit acariciándole la mejilla.

–Que no –insistió Melissa apartándole la mano.

–Lo que tú digas... ¿Te ha llamado Grady?

–No –contestó Melissa con tristeza–. Estoy haciendo un verdadero esfuerzo para no llamarlo yo.

–Muy bien hecho. Probablemente, si oye tu voz sentirá nostalgia.

–Desde luego, ahora me siento mucho mejor –dijo Melissa con seriedad.

Aquello hizo reír a Whit, que le pasó el brazo por los hombros y la condujo hasta la puerta.

–Se me ocurre algo que hará que dejes de echar de menos a tu hijo.

–¿De qué se trata?

–No te lo digo porque estropearía la sorpresa –contestó Whit–. Cámbiate de ropa, ponte algo que no te importe manchar. Yo, mientras tanto, voy a dar de comer a los caballos. Cuando hayas terminado, reúnete conmigo en la cuadra.

La sorpresa que Whit le había preparado a Melissa estuvo a punto de salir fatal.

Whit había pensado que volver a los sitios donde solían ir cuando habían sido novios sería maravilloso, pero, cuando paró el coche ante el lago del rancho Tanner, Melissa miró el árbol en el que habían grabado sus iniciales y comenzó a llorar.

Whit se apresuró a poner el coche en marcha de nuevo.

—Nos vamos —anunció creyendo que aquel lugar le traía malos recuerdos—. Ya haremos el picnic en otro sitio.

Melissa negó con la cabeza intentando controlar sus emociones.

—No, no pasa nada —le dijo tomando aire—. No me puedo creer que te acordaras —añadió mirándolo.

Whit se giró hacia ella y le limpió una lágrima que le resbalaba por la mejilla.

—¿Cómo lo iba a olvidar? Este lugar era muy especial para nosotros. Creo que era adonde veníamos más a menudo. Si mal no recuerdo, yo no tenía mucho dinero por aquel entonces y no podía invitarte a salir por ahí como hacían otros chicos con otras chicas.

–A mí no me importaba en absoluto –le aseguró Melissa–. Esto era mucho mejor.

–Entonces, ¿no te importa que te haya traído aquí?

–No me podrías haber llevado a ningún sitio mejor.

–Estupendo, pues vamos a montar el picnic y a cenar antes de que se haga de noche.

Dicho y hecho, en un abrir y cerrar de ojos habían puesto la manta bajo el árbol en el que estaban sus iniciales grabadas y se disponían a sacar la comida de la cesta.

–¿Vino? –se sorprendió Melissa–. Cuando hemos parado en la tienda a comprar cosas no me he dado cuenta de que comprabas una botella.

–Es que lo he hecho con mucho cuidado.

Melissa enarcó una ceja y sonrió mientras Whit encendía un fuego. Pronto comenzó a atardecer y los dos, tumbados en la manta, disfrutaron del paisaje.

–La vista que hay desde aquí es preciosa –comentó Whit.

Melissa sonrió y lo tomó de la mano mientras observaba las primeras estrellas que aparecían en el cielo.

–¿Te acuerdas del día en el que grabaste nuestras iniciales en el árbol? –le preguntó.

–Sí –contestó Whit–. ¿Y tú?

–Sí, fue la primera vez que me dijiste que me querías.

–Y la primera vez que hicimos el amor –le recordó Whit.

Melissa lo miró a los ojos.

–Desde luego, este árbol es muy especial para nosotros, tiene recuerdos muy importantes.

–Sí, a mí me gustaría añadir otro –dijo Whit tomando aire–. Me quiero casar contigo, Melissa.

Sorprendida, Melissa se quedó mirándolo con la boca abierta.

–Oh, Whit –contestó incómoda–. Hay que considerar un montón de cosas.

–No te pido que sea mañana porque sé que la gente hablaría si te casas conmigo cuando ha pasado tan poco tiempo desde la muerte de Matt.

–No lo digo por los demás. El único que me preocupa es... Grady.

Whit asintió.

–Sí, yo también he estado pensando en él. Sé perfectamente lo que es tener un padrastro y sé que habría muchas posibilidades de que a Grady no le hiciera ninguna gracia que pasara a formar parte de su vida. Sin embargo, lo cierto es que lo quiero mucho y me gustaría pensar que, tal vez, algún día él sentirá lo mismo por mí. Quiero que sepas que haría todo lo que estuviera en mi mano para llevarme bien con él para que no me odiara como yo odiaba a Buck.

Antes de que a Melissa le diera tiempo de contestar, Whit siguió hablando.

–No tienes que contestarme ahora. Sé que ha sido una propuesta que no te esperabas y lo único que te pido es que me prometas que lo vas a pensar.

Melissa dejó escapar el aire que había estado aguantando.

–De acuerdo –accedió.

Satisfecho con su contestación, Whit se irguió y se frotó las manos.

–¿Te apetece un perrito caliente?

–Claro que sí –contestó Melissa aunque no con tanta satisfacción como él.

Mientras Whit preparaba la cena, Melissa se puso a buscar su bolso.

–¿Has visto mi bolso por algún lado? Quiero llamar a Grady.

–Creo que está en el coche –contestó Whit.

–Muy bien –dijo Melissa encaminándose hacia el vehículo–. Me parece que se me ha adelantado él –añadió sentándose junto a la hoguera y viendo que tenía una llamada perdida.

–No lo hemos debido de oír desde aquí.

–Voy a ver si me ha dejado algún mensaje.

Melissa escuchó el mensaje, que no era de su hijo sino de la abuela del niño y se llevó una mano a la boca mientras los ojos se le llenaban de lágrimas.

–¿Qué ocurre? –le preguntó Whit preocupado.

Melissa terminó de escuchar el mensaje y se puso en pie.

—Grady ha tenido un accidente y está en el hospital.

—¿En Georgetown? —preguntó Whit poniéndose en pie.

Melissa asintió mientras las lágrimas le resbalaban por las mejillas.

—Quiero ir, mi hijo me necesita.

—Por supuesto —contestó Whit apagando el fuego—. Rory —dijo llamando a su hermano mientras conducía—, quiero que llames a Ry y a Elizabeth y que vayáis al hospital de Georgetown. Grady ha tenido un accidente y nosotros vamos para allá.

Al llegar al hospital, Melissa se bajó del coche prácticamente en marcha y corrió a urgencias.

—¿Grady Jacobs? —preguntó en la recepción—. Soy su madre.

—Sí, está en quirófano —contestó la enfermera.

Al oír aquello, Melissa palideció y Whit tuvo que agarrarla de la cintura para que no se cayera al suelo.

—Sus parientes esperan al final del pasillo —los informó la enfermera.

Whit condujo a Melissa hacia allí.

Al llegar a la sala de espera, Ruth y Richard

se pusieron en pie. Estaban visiblemente preocupados.

–¿Qué ha ocurrido? –preguntó Melissa entre sollozos.

Ruth se tapó la cara con las manos y su marido la agarró de la cintura y la apretó contra él para consolarla.

–Grady se ha caído de un árbol y se ha roto el brazo –les explicó–. Además, se ha dado un fuerte golpe en la cabeza.

–¿Y qué hacía subido a un árbol a estas horas de la noche? –se indignó Melissa.

–Cuando ha ocurrido todavía era de día –contestó el abuelo del niño–. Ruth y yo nos hemos debido de quedar dormidos viendo la televisión después de comer y Grady ha salido solo. Hemos estado más de dos horas buscándolo y, al final, lo ha encontrado un guardia de seguridad de la urbanización. Estaba medio inconsciente junto al campo de golf.

Melissa se llevó la mano a la boca.

–Pobre hijo mío.

En aquel momento, llegaron Rory, Ry, Elizabeth y Woodrow y Whit los informó de lo sucedido.

–Lo están operando –concluyó.

–Voy a ir a hablar con la enfermera de guardia para ver si puedo averiguar algo más –se ofreció Ry.

Elizabeth tomó a Melissa de la cintura y la sentó en una silla.

–No te preocupes, se va a poner bien –le aseguró.

En ese momento, Ry llegó acompañado de un médico todavía vestido de quirófano. Al verlos, Melissa se puso en pie de nuevo y corrió hacia ellos.

–¿Está bien?

El cirujano asintió.

–La operación ha salido perfecta. Tenía el hueso roto por dos sitios y le hemos puesto clavos. También le hemos tenido que poner grapas en la cabeza, dieciséis, pero no ha sufrido daños graves. Lo malo es que ha perdido bastante sangre y es del grupo AB negativo, un grupo que no tenemos en nuestros bancos ahora mismo. Podríamos pedirlo a Austin, pero queríamos ver primero si, por casualidad, tenemos la suerte de que alguno de ustedes tenga el mismo grupo.

–Yo soy O positivo –contestó Melissa.

–¿Y su marido? –preguntó el médico.

–Murió hace unos meses.

Whit dio un paso al frente.

–Yo soy AB negativo –se ofreció.

–Muy bien –contestó el médico aliviado–. Le van a hacer un análisis para ver si su sangre es compatible con la del niño –le explicó entregándole un documento–. Diríjase a la tercera planta, que es donde está el laboratorio.

Whit asintió y se dirigió allí a toda velocidad. En poco tiempo, estaba tumbado en una camilla con un torniquete en el brazo y una aguja clavada en la vena.

–Desde luego, este niño ha tenido mucha suerte –comentó la flebotomista–. Hay una posibilidad entre ciento sesenta y siete de que la sangre de dos personas sea compatible –le explicó retirando la aguja–. Ya está –le dijo poniéndole un algodón sobre el pinchazo–. Quédese tumbado un rato y, cuando se levante, tómese el zumo de naranja que le dejo sobre la mesa.

–Muy bien –contestó Whit.

–Volveré dentro de un rato para ver qué tal está –se despidió la mujer desde la puerta.

Una vez a solas, Whit se quedó mirando el reloj. Le hubiera gustado que las manecillas avanzaran más aprisa pues quería volver junto a Melissa para consolarla y apoyarla en aquellos momentos.

Al fijarse en los historiales médicos que había sobre la mesa, recordó las palabras de la flebotomista.

«Hay una posibilidad entre ciento sesenta y siete de que la sangre de dos personas sea compatible».

Con cuidado, se puso en pie y se acercó a la mesa. Una vez allí, buscó entre los historiales, encontró el de Grady y lo hojeó.

Al ver el día, el mes y el año de su nacimiento, contó nueve meses hacia atrás mentalmente.

Al instante, se quedó helado.

–No puede ser –murmuró.

Whit salió de la habitación, avanzó por el pasillo y llegó a la sala de espera. Melissa estaba sentada junto a Elizabeth y, como si hubiera sentido su presencia, se giró hacia la puerta y lo miró a los ojos.

Al ver que palidecía, Whit se dio cuenta de que su sospecha era cierta.

Grady era su hijo.

Furioso, se dio la vuelta y salió del hospital. Casi había llegado a su furgoneta cuando oyó a Melissa llamándolo a gritos.

—¡Whit, espera! Deja que te explique.

Whit se giró hacia ella.

—Sí, explícate porque tienes mucho que explicar —le espetó furioso.

—No te lo podía decir —se excusó Melissa.

—¿Ah, no? Pues a mí me parece que es muy fácil. Basta con abrir la boca y pronunciar las palabras que hay que pronunciar.

—No es tan fácil —contestó Melissa también furiosa—. Cuando descubrí que estaba embarazada, tú ya te habías ido y mi padre, al enterarse de que el niño era tuyo, me amenazó con obligarme a abortar. Intenté dar contigo, pero nadie sabía dónde estabas y yo estaba muerta de miedo porque no quería abortar. Por eso, cuando Matt se ofreció a casarse conmigo y a darle su apellido al bebé, le dije que sí —le explicó.

Whit se pasó los dedos por el pelo.

—Llevamos casi un mes juntos y podrías habérmelo dicho —objetó.

146

–¿Y qué habría pasado si lo hubiera hecho? ¿Te das cuenta de lo complicado que es todo esto? Grady cree que su padre es Matt. ¿Cómo le explico yo ahora que su padre eres tú?

–¿Y yo? –gritó Whit–. Yo también tengo sentimientos. Ahora que sé que tengo un hijo, no pienso separarme de él. Mi hijo está en el hospital y no pienso darle la espalda como hicieron conmigo mi padre y mi padrastro. Tú decides cómo y cuándo quieres contarle la verdad, pero te advierto que tiene que enterarse de que tiene un padre que lo quiere.

Capítulo Nueve

Whit se concentró en el trabajo para olvidarse del dolor, tal y como había hecho para superar la muerte de su madre y la pérdida de Melissa cuando se había enterado de que se había casado con su mejor amigo.

No había vuelto a hablar con ella; estaba esperando a que fuera Melissa quien se pusiera en contacto con él.

Había llamado al hospital todas las mañanas y todas las noches para ver qué tal iba Grady y les había dejado el número de su teléfono móvil a las enfermeras por si ocurría algo, pero todo iba de maravilla.

Ry se había pasado por allí dos veces y le había contado a su hermano que Grady iba a estar pronto en casa.

Mientras cargaba unas balas de heno en la furgoneta, oyó que se acercaba un vehículo y, al girarse, comprobó que era su hermano Rory.

–Llegas justo a tiempo de ayudarme –bromeó–. ¿Qué te trae por aquí?

–Quería pasarme a ver qué tal estabas –contestó Rory.

Algo que habían estado haciendo sus hermanos y sus esposas todos los días desde el accidente de Grady.

—Estoy bien, intentando mantenerme ocupado —contestó Whit.

—A Grady le dan hoy el alta —lo informó Rory.

—Supongo que eso quiere decir que está fuera de peligro —contestó Whit.

—Efectivamente —asintió Rory poniéndose serio—. Mira, Whit, ya sé que esto no es asunto mío, pero creo que, si Melissa y tú os sentarais y hablarais de esto como dos adultos, sería mejor para todos.

Whit lo miró con el ceño fruncido.

—Tienes razón —contestó—. No es asunto tuyo.

—¿Has intentado entender la situación desde su punto de vista? —lo increpó Rory—. Yo creo que lo que hizo tiene sentido. Tú sabes cómo es su padre, así que comprenderás que habría hecho todo lo que hubiera podido para que Melissa abortara. Tú no estabas, así que hizo lo único que podía hacer, casarse con Matt.

—No la culpo por haberse casado con él —suspiró Whit—. Lo que me tiene enfadado es que jamás me dijera que teníamos un hijo.

—¿Y cómo te lo iba a decir si ni siquiera sabía dónde estabas?

—He vuelto hace más de tres años.

—Ya, pero para entonces Grady debía de tener tres años, ¿no?

—Sí.

–Para entonces, estaba casada y tenía un hijo de tres años que todo el mundo creía, incluido el niño, que era hijo de Matt. Sinceramente, Whit, ¿me vas a decir que tú en su lugar le habrías dicho a un hombre al que no ves hace más de cuatro años que es el padre de tu hijo?

–Ésa no es la cuestión –contestó Whit–. La cuestión es que ella no me contó la verdad.

–Venga, Whit –insistió Rory frustrado–. Sabes perfectamente que estás enamorado de ella.

–Lo estaba –lo corrigió Whit–. Ahora ya no sé lo que siento por ella.

–Te voy a dar un consejo, hermanito. No dejes que tu orgullo destroce la posibilidad de que Melissa, Grady y tú forméis una familia. Tú creciste sin padre y sabes lo que es eso. Grady se merece crecer con su madre y su padre y tener una vida familiar normal. Si queréis, Melissa y tú se la podéis dar. De lo contrario, si seguís así, vais a terminar tratando a Grady como arma arrojadiza y yendo de una casa para otra.

Whit bajó la mirada y no dijo nada.

–Tú decides –se despidió su hermano montándose en su furgoneta.

Aquella noche, Whit no podía dormir.

Aquello de que fuera él quien tuviera que decidir era mucho peor que poder culpar a Melissa de todo.

Pero ¿por qué no le había dicho que Grady

era hijo suyo durante aquel mes? Incluso le había pedido que se casara con él, prometiendo ser un buen padre para Grady, y Melissa no le había dicho nada.

De repente, Whit recordó la conversación que habían tenido junto al fuego aquella noche. Melissa no había contestado inmediatamente a su pregunta y, cuando lo había hecho, había dicho: «No lo digo por los demás. El único que me preocupa es... Grady».

No había pensado en ella sino en su hijo y él, en lugar de dejarla hablar, le había ofrecido un perrito caliente.

¡Un perrito caliente!

Ahora que se paraba a pensarlo, Whit se daba cuenta de que Melissa jamás se había referido a Matt como «el padre de Grady» o «mi marido».

Simplemente, lo llamaba Matt.

Whit dejó caer la cabeza entre las manos y se dio cuenta de que su hermano tenía razón. Estaba enamorado de Melissa.

Al instante, miró la hora que era.

Más de medianoche.

Muy tarde para ir a su casa a hablar con ella.

–Me da igual –murmuró yendo hacia la puerta.

Melissa estaba sentada a la mesa de la cocina terminando de pintar un águila que una abuela le había encargado para regalarle a su nieto.

De repente, le pareció oír un ruido en la planta de arriba, pero se quedó escuchando y comprobó que no había sido así.

Hacía menos de media ahora que había subido a ver qué tal estaba Grady y lo había encontrado durmiendo placenteramente.

Entonces, oyó que llamaban a la puerta de la cocina y se sobresaltó, pero se puso en pie y se acercó.

—¿Quién es?

—Whit.

—¿Qué quieres? —le preguntó abriendo la puerta con la cadena de seguridad echada.

—Hablar contigo.

—Es muy tarde.

—Ya lo sé, pero es importante.

Melissa suspiró y abrió la puerta.

—Por favor, habla en voz baja —le pidió creyendo que había ido a verla por algún motivo desagradable—. No quiero que Grady se despierte.

—No he venido con la intención de gritar —contestó Whit entrando y quitándose el sombrero.

Melissa se volvió a sentar.

—Muy bien, di lo que hayas venido a decir y vete. Como verás, estoy ocupada.

—Seré breve.

Melissa lo miró y deseó no haberlo hecho porque, al ver que tenía ojeras y que había adelgazado varios kilos desde la última vez que se habían visto, no pudo evitar sentir lástima.

–Supongo que habrás venido a preguntar qué tal está Grady.

–Sí, me interesa –admitió Whit.

–Está muy bien –contestó Melissa apretando los puños para evitar acariciarle la mejilla.

–Pero lo cierto es que no he venido por eso.

–¿Entonces? ¿Por qué has venido? Por favor, Whit, estoy muy cansada y me quiero acostar.

–He venido a pedirte perdón.

–¿Perdón? –le espetó Melissa–. ¿Por qué? ¿Por dejarme embarazada hace siete años y largarte? ¿O por hacer que me sienta una mala persona por no haberte dicho nunca que tenías un hijo?

–Por todo eso y por mucho más –contestó Whit.

La respuesta tomó a Melissa por sorpresa.

–Me he dado cuenta de que pedirte que le digas a Grady que soy su padre no es justo. Aunque a mí me duela que no lo sepa, he comprendido que podría acarrearle muchos problemas y eso es lo último que quiero. Ya habéis tenido bastante con perder a Matt.

Al comprender el tremendo sacrificio que Whit estaba dispuesto a hacer para proteger a su hijo, Melissa no pudo evitar que se le saltaran las lágrimas.

–Tal vez, cuando sea un poco mayor –ofreció.

–No, siempre ha creído que Matt era su padre y creo que es mejor que lo siga creyendo, pero te quiero pedir un favor.

–¿De qué se trata?

–Quiero seguir viéndolo, si a ti te parece bien. Yo crecí sin padre y sé lo duro que puede ser. No quiero forzar las cosas, pero lo cierto es que nos llevamos bien y me gustaría seguir viéndolo.

–Grady te adora –sollozó Melissa–. No para de preguntar por ti y me ha pedido mil veces que te llamara para que vinieras a verlo.

Whit sonrió encantado.

–Lo siento mucho, Whit –se disculpó Melissa–. Si hubiera alguna manera de poder ayudarte por todo el daño que te he hecho, créeme que lo haría.

–La hay –sonrió Whit–. Cásate conmigo.

Melissa se quedó mirándolo con la boca abierta.

–Melissa, te quiero –dijo Whit agarrándola de la mano–. Siempre te he querido y ahora comprendo que lo que hiciste, casarte con Matt, fue lo único que podías hacer para proteger a nuestro hijo.

–Oh, Whit, te aseguro que, si hubiera tenido otra opción, no lo habría hecho.

–Ya lo sé –la consoló Whit arrodillándose frente a ella–. ¿Te quieres casar conmigo, Melissa?

–¡Sí, sí y mil veces sí! –exclamó Melissa pasándole los brazos por el cuello–. Oh, Whit, cuánto te quiero.

–Yo también te quiero mucho, Melissa –le aseguró Whit abrazándola con fuerza–. Y también quiero mucho a nuestro hijo y te prometo que voy a ser el mejor padrastro del mundo.

–No me cabe la menor duda –contestó Melissa mirándolo a los ojos.

–¡Mamá!

Al oír que Grady la llamaba, Melissa y Whit subieron a su habitación.

–¿Te duele el brazo, cariño? –le preguntó Melissa acercándose a su cama.

–No, quería ir al baño –contestó el pequeño.

–Muy bien –dijo su madre dispuesta a tomarlo en brazos.

–No, quiero que me lleve Whit –contestó Grady.

–Eso está hecho, vaquero –dijo Whit tomándolo en brazos con cuidado.

Mientras ellos iban al baño, Melissa arregló la cama y, cuando volvieron, se apartó para que Whit metiera a Grady y lo arropara.

–Te quiero preguntar una cosa –dijo Whit sentándose en el borde de la cama.

–¿Qué? –contestó el niño.

Whit tomó a Melissa de la mano.

–Quiero casarme con tu madre y te quería preguntar si te parece bien.

–¿Eso quiere decir que te vendrías a vivir con nosotros?

–Más bien, que vosotros os vendríais a vivir conmigo –contestó Whit.

–¿Y Chucho podría ser mi perro?

Whit chasqueó la lengua y asintió con la cabeza.

–¿Y tú serías mi padre?

Whit tragó saliva y asintió.

–Si tú quieres, será para mí un orgullo ser tu padre.

Grady sonrió encantado.

–Qué guay.

Melissa se inclinó sobre su hijo con lágrimas en los ojos y lo besó en la frente.

–A dormir.

–Sí –contestó el niño cerrando los ojos–. Buenas noches, mamá.

–Buenas noches, cariño.

Melissa apagó la lámpara que había sobre la mesilla de noche y se dirigió hacia la puerta de la mano de Whit.

–Te quiero mucho, mamá –le dijo Grady.

–Yo también te quiero, cariño.

–¿Whit?

–¿Sí?

–A ti también te quiero.

Whit tragó saliva y le apretó la mano a Melissa.

–Yo también te quiero, hijo.

DESEO
PEGGY MORELAND

EL MEJOR HOMBRE

A Rory Tanner le encantaban las mujeres, pero Macy Keller era una excepción desde que había llegado a la ciudad amenazando la reputación de su familia. El instinto de protección hizo que Rory prometiera controlar a la misteriosa Macy. Fue entonces cuando descubrió la belleza salvaje que lo mantenía despierto todas las noches con escandalosas fantasías... Macy había acudido hasta Tanner's Crossing a buscar sus raíces, pero no pudo resistirse a los encantos de aquel *cowboy* de ojos azules. Rory Tanner era un seductor nato que parecía empeñado en descubrir sus secretos.

N.º 546

PECADOS DEL AYER

Hacía ya años que Whit Tanner había metido a Melissa Jacobs en su cama y en su corazón, pero después ella se había casado con su mejor amigo. Ahora la bella viuda luchaba por criar a su hijo sola, y el honor de los Tanner obligó a Whit a ayudarla.

Melissa Jacobs debía pensar en su hijo y proteger su futuro. Pero en cuanto vio a Whit Tanner, se dejó atrapar por su ternura y descubrió que lo deseaba con toda su alma. No podía evitar preguntarse qué habría pasado... y qué pasaría cuando él descubriera su secreto.

JAZMÍN™

CARA COLTER
LO QUE TODA MUJER DEBE SABER

J.D. Turner no podía permitir que Tally eligiera un compañero sin antes saber todo lo que podía haber entre un hombre y una mujer. Sobre todo si aquella belleza iba a criar a su pequeño. Por eso había decidido enseñarle personalmente lo que era el verdadero amor.

LISSA MANLEY
CRÓNICAS DE SOCIEDAD

Anna Sinclair era una joven de clase alta que trataba de convertirse en diseñadora de vestidos de novia, pero su vida amorosa era un auténtico desastre. Por eso decidió disfrazarse y empezar de nuevo en otro sitio; eso sí, evitaría cualquier tipo de romance. Entonces apareció el guapísimo empresario Ryan Cavanaugh para hacerse pasar por su novio en una fotografía... y Anna no tardó en quedar rendida a sus pies. Ryan llevaba mucho tiempo tratando de creer en el verdadero amor y, gracias a aquella mujer, estaba incluso considerando la posibilidad de casarse.

N.º 576

LIZ FIELDING
LA BODA DEL MILLONARIO

El millonario Richard Mallory llevaba toda la vida rodeado de mujeres tan bellas como poco adecuadas. Y justo cuando había desechado la idea de conocer a la mujer perfecta, se la encontró... en su cama. Parecía alguien diferente; sincera, inocente... ¿Qué demonios hacía en su dormitorio?

Ginny solo trataba de hacerle un favor a una amiga. Se suponía que aquella mentirijilla la sacaría del apuro, pero la metió en otro peor. Ahora tendría que pasar el día entero con el guapísimo empresario...

BIANCA.

*El atractivo magnate griego tenía
fama de conseguir siempre lo que quería*

UNA NOCHE
CON UN EXTRAÑO

MAISEY YATES

N.° 3106

Alexios Christofides no le hacía ascos a mezclar la venganza con el placer. Estaba decidido a arrebatar el imperio Holt a su enemigo… ¡aunque para ello tuviera que seducir a su prometida!

Rachel Holt había pasado años interpretando el papel de abnegada hija, anfitriona, prometida perfecta… y no había fallado una sola vez. Hasta que una única y electrizante noche con un extraño le permitió saborear una libertad desconocida… Pero aquella noche terminó teniendo grandes consecuencias para ambos… ¡sobre todo cuando Rachel descubrió la verdadera identidad de Alex!

DESEO

*Vivían en mundos completamente distintos,
hasta que una nevada los dejó aislados*

ATRAPADO
POR LA TENTACIÓN

CYNTHIA ST. AUBIN

N.º 2186

Una serie de televisión sobre la vida real de los hermanos
Renaud despertó el interés de Shelby Llewellyn en el hermano artista y oveja negra de la familia. Shelby, comisaria
de exposiciones, estaba decidida a conseguir que Bastien
Renaud hiciera una exposición en su galería para demostrarle a su padre su valía profesional. Cuando ambos se
quedaron aislados por una nevada en el refugio de Bastien,
surgió la pasión.

¿Podría llegar aquella relación a un final feliz a pesar de la
diferencia de edad y del pasado de Bastien?

DESEO

De secretaria a provocadora...

A LAS ÓRDENES
DE SU MAJESTAD

JENNIFER LEWIS

N.º 227

Cuando su jefe se convirtió en rey de un país lejano, Andi Blake lo siguió encantada. A pesar de su entrega, Jake Mondragon nunca se había fijado en ella, hasta que Andi perdió la memoria y olvidó que no debía arrojarse a sus brazos. Sorprendido a la vez que encantado por el comportamiento de su secretaria, el rey aprovechó la amnesia para llevar a cabo un plan perfecto. La haría pasar por su prometida para alejar a las pretendientes y demás entrometidos. Pero cuando Andi recuperó la memoria, se encontró con un dilema: poner fin a la estrategia de Jake o esperar un final feliz de cuento de hadas.

BIANCA™

MAISEY YATES
EXTRAÑOS EN EL ALTAR

La princesa Isabella estaba convencida de tres cosas:
Por nada del mundo quería casarse con el jeque al que la habían prometido.
El hombre que debía escoltarla hasta el altar ocultaba algo más de lo que mostraba su duro aspecto.
Tras besar a ese hombre, no volvería a ser la misma.

CHRISTINA HOLLIS
EL NOBLE FRANCÉS

Gwen había ido a Francia a perseguir su sueño como chef. Pero ni siquiera toda su determinación pudo conseguir que se resistiera a la intensa mirada de Etienne Moreau… Después de una noche de pasión, Etienne quiso convertirla en su amante, pero Gwen se sintió indignada con la oferta.
Tal vez Etienne pensara que podía comprarlo todo con su dinero, ¡pero ella no estaba a la venta! Sin embargo, ninguno de los dos contaba con algo inesperado…

N.º 480

KATE HEWITT
OSCURAS EMOCIONES

A Sergei Kholodov le asombraba la inocencia de aquella turista a la que había ayudado, pues a él la vida lo había transformado en un hombre cínico y amargado. Detestaba el tremendo efecto que tenía sobre él, y por eso Sergei tomó la fría decisión de dejar a un lado sus emociones…
Pero Sergei volvió a aparecer un año después. No había podido borrar a Hannah de su memoria y creía que quizá pudiera olvidarla por fin si pasaba una noche más con ella. O quizá quisiera más y más…

¡YA EN TU PUNTO DE VENTA!